NADGET
CLIPPER
AMBROISE
MILO
ROSE
ROULETABILLE

Le Club de la Pluie
contre Satin-Noir

Malika Ferdjoukh

Le Club de la Pluie
contre Satin-Noir

Neuf
l'école des loisirs
11, rue de Sèvres, Paris 6e

Illustrations de Cati Baur

Loi n° 49.956 du 16 juillet 1949 sur les publications
destinées à la jeunesse : octobre 2016
Dépôt légal : octobre 2016
Imprimé en France par CPI Bussière
à Saint-Amand-Montrond (137407)
ISBN 978-2-211-23014-8

À Danielle Paquier,
en souvenir de New York, et du jour où,
en CM1, on s'est coupé les cheveux
pour ressembler à Claude du Club des cinq.

ÉTONNANTES PENSIONNAIRES

Après sa douche matinale, Rose Dupin s'en retourna vite au dortoir.

La première chose qu'elle vit fut la tignasse en chou-fleur de Nadget au bord de la couette. Elle n'avait pas bougé d'un millimètre. De l'autre côté de la cloison qui divisait la chambre, Angèle et Eudoxie, leurs copensionnaires, déjà habillées, consultaient à mi-voix le programme du Festival du Livre.

– Grouille, Nadget. Debout ! Debout !

Un flot de borborygmes migra des profondeurs.

– La classe met les voiles dans vingt minutes ! enchaîna Rose sur le mode stentor. La conférence de Jerry Austen commence dans moins d'une heure, et tu n'as toujours pas ouvert l'œil ?

La couette expulsa un regard noir sous le chou-fleur emmêlé.

– Toujours pas, non ! grognonna Nadget. Mais merci de m'en donner l'idée.

Elle s'étira, bâilla, repoussa le drap avant de se résoudre à aligner dix orteils sur l'ancestral parquet.

– Je suis une boute-en-train, j'ai une coiffure en nid de pigeon, une copine qui sonne le clairon à l'aube… J'en ai de la chance !

Elle intercepta le jean et le sweat-shirt catapultés par la main de son amie.

– Et jongleuse hors pair, en plus ! Ma tante Fatima dirait que je suis bonne à marier.

– Il te faut encore ranger ton coin, trépigna Rose. Plier tes affaires, secouer ton oreiller, faire ton lit et…

– Donne-moi une bonne raison de faire tout ça ?

– Tu seras élue colocataire idéale, et tu recevras une dot de ta tante Fatima à tes fiançailles !

– Je connais une troisième raison ! intervint Eudoxie par-delà la cloison. On n'a encore jamais étranglé un humain parce qu'il faisait le ménage.

– Toi, en tout cas, tu as le don d'éveiller les envies de meurtre ! rétorqua Nadget en enfilant une chaussette imprimée de mille-pattes vert lentille. Si tu as d'autres talents, tu les caches bien.

– Espèce de flemmarde molle ! lâcha tranquillement Eudoxie.

– Espèce de flatteuse saumâtre ! riposta tout aussi tranquillement Nadget. Le plus sidérant, c'est qu'il a fallu l'extinction des ptérodactyles et des brontosaures, vingt siècles de guerres et de tremblements de terre pour que tu existes et me traites de flemmarde molle en ce beau matin de juin dans le vénérable dortoir de notre auguste pensionnat.

– Laisse tomber, souffla Angèle à Eudoxie, en pliant bruyamment le programme du Festival. Nadget est une fille bien… si on creuse.

– Oh, assez ! se fâcha Rose. Quant à toi, tu as deux minutes pour…

– OK, OK, obtempéra Nadget en se hâtant de rouler serviette, savon et vêtements sous son bras. Mais je rêve souvent que tu deviens une merveilleuse inconnue !

Avant de filer, elle expédia un baiser à l'un des acteurs punaisés sur le pêle-mêle au-dessus de son lit.

– Bonne journée, Ashton Kutcher, minauda-t-elle.

– À tes souhaits ! dit suavement Rose.

– Bonne journée, Ashley Wilkes, continua Nadget inébranlable, avec un autre baiser vers une seconde photo.

– Elle a un faible pour les stars aux noms qui éternuent, expliqua aimablement Rose aux deux autres. Ho, Nadget… ?

– Oui, mon général ?

– N'occupe pas la salle de bains une heure.

Rose profita de l'absence de son amie pour lui retaper son lit, ranger ses affaires, déblayer son chevet. De l'autre côté de la cloison parvenait la conversation de leurs deux camarades de chambre.

– Le salon ouvre officiellement ses portes aujourd'hui, mais les écrivains les plus célèbres dédicaceront leurs livres ce week-end, annonçait Angèle.

– Je n'ai jamais lu ce Jerry Austen, avoua Eudoxie. Ses romans s'adressent aux garçons, non ?

Rose gémit vers le plafond.

– Pfff! Parce que vous en êtes encore là ? Des livres à nœud rose, et des livres à nœud bleu ? Je suis Rose et j'ai presque tout lu de Jerry Austen. Vous m'en voyez ravie, et je remercie Mme Archer de nous permettre de vivre cet événement exceptionnel.

Elle boucla son sac à dos avant de conclure non sans malice :

– D'aucunes aiment avaler trois burgers par jour. Personnellement, un bouquin me suffit. Surtout s'il est de Jerry Austen.

Nadget réapparut bientôt, sans avoir pris le temps de se sécher les cheveux.

– Les livres sont un don des dieux ! clama-t-elle dans une brillante imitation de Mme Lou Archer, la prof de français. Comme les bonshommes de neige ! Les bains de soleil ! La pince à linge ! Le kouign-amann 100 % pur beurre… Zut ! Qui m'appelle si tôt ?

Le refrain de *Chantons sous la pluie* était en train de caracoler tous azimuts dans le dortoir. Nadget décrocha son portable. À sa moue, Rose devina tout de suite qui téléphonait. Elle lui tendit peigne, brosse et barrettes tout en lui faisant signe d'écourter.

– Bien sûr que tu déranges… comme d'habitude ! disait Nadget à son jeune frère Saladin. Hein ? Tu parles de ce torchon que tu as envoyé en recommandé ? Il m'a fallu aller jusqu'à la poste le chercher. C'est un livre ? Tu fais bien de le préciser… Que je le fasse dédicacer par qui ?

Elle s'assit sur le lit, laçant ses baskets d'une main, téléphone plaqué à l'oreille.

– Ah non, alors ! l'arrêta-t-elle. Ce serait trop la honte de lui montrer ton épave, je vais plutôt racheter un exemplaire neuf que… Hé, ho, pas la peine de hurler ! Bon, bon, il signera ce détritus si tu y tiens tant.

Elle raccrocha, accablée.

– L'auteur préféré de Saladin est invité au Festival. Mon frère exige que je fasse dédicacer… ça !

Elle balança entre le pouce et l'index une chose extirpée d'un tiroir. De loin, cela évoquait une espadrille dévastée par un trekking de Brest à Vladivostok et retour. De près, c'était… oui, peut-être un livre.

– Si seulement un frère pouvait être aussi reposant qu'un bon roman ! ronchonna-t-elle. Cet exemplaire est celui qu'il a lu, c'est celui-là qu'il veut signé. Une ruine de 388 pages à présenter à un soi-disant cultissime Nero Abernathy Wolfy. Je note vite ce nom avant de le confondre avec George Sand.

– Grouille, Nadget ! piaffa Rose en louchant vers l'heure. La prof…

– Quoi encore ? Ma douche a duré trois minutes dix-neuf secondes. On arrivera à ton café littéraire avant d'avoir réussi à épeler « Nero Abernathy Wolfy » !

– Si seulement une meilleure amie pouvait être aussi reposante qu'un bon roman !

– Hé… Mais c'est quoi ce blitz ?!

– Simple remise en ordre. J'ai tout déblayé, plié, disposé sur ton étagère, et j'ai débroussaillé le tas de compost que tu nommes ton lit.

L'œil affligé de Nadget parcourut la place nette qui avait succédé au chaos.

– Moi, j'appelle ça une violation de domicile avec effraction.

– Nous, on descend ! clama Angèle en s'éclipsant sur les pas d'Eudoxie. Ou Mme Archer va virer citrouille. À toute.

Une fois seule avec son amie, Nadget haussa les épaules.

– Là où passent ces deux-là, le chiendent ne repousse pas. Dis donc ! embraya-t-elle avec une soudaine exaltation. Tu ne trouves pas génial d'habiter la ville du Festival du Livre ? Génial d'avoir une prof de français qui nous mitonne des rencontres avec des auteurs de best-sellers ? Génial de... Ouiiiii, je me dépêche !!!

LE LAPIN PRÈS DE L'AUTO AVEC DES LUNETTES ET UNE ROBE ROSE

Le « café littéraire » de Jerry Austen avait lieu dans la salle des congrès du luxueux hôtel Le Grand Pavois, non loin de la place Chateaubriand.

Guidée au pas de charge à travers le granit de la ville close par une Mme Archer en surchauffe, la classe arriva à destination avec seize minutes d'avance.

– Merveilleux ! dit la prof de français, d'un ton légèrement plus aigu que la normale saisonnière.

– Merveilleux ! la singea un élève (Marcus Osterwalder) dans la barbe qu'il n'avait pas.

– Ça nous donne le temps d'aller admirer le phénoménal…

– Phénoménal ! mima une autre (Rosemonde Chandleur).

– … portrait de Surcouf par le peintre Van Peef. L'œuvre est accrochée au fabuleux…

– Fabuleux ! fit une troisième (Alma Hichecoq).

– … salon des Boussoles, dans une niche, au rez-de-chaussée de l'hôtel ; elle date du…

Ambroise jeta un regard furtif à Milo et aux alentours. Il serrait contre lui un gros sac de sport archibourré, qu'agitaient d'épisodiques et énigmatiques soubresauts. Milo fit signe que tout était OK. Les deux garçons ralentirent l'allure jusqu'à ce que le rang se fût engouffré dans le hall.

Nadget, qui fermait la marche, se retourna.

– Vous ne suivez pas ?

– Si, si, dit précipitamment Milo. On vous rejoint.

Il n'en fallait pas plus pour chatouiller la curiosité de Nadget. Elle tira par la manche Rose qui la précédait.

– Les garçons font des cachotteries, avertit-elle.

Elles laissèrent la classe les distancer, puis firent volte-face.

Ambroise, resté dehors, entrebâillait son gros sac. Un boudin de poils à quatre pattes en jaillit, suant, s'ébrouant, haletant.

– Tu as emporté Clipper ?!

– Mes parents et Zoé sont chez Mémé à Lamballe, jusqu'à ce soir. Je n'allais pas le laisser seul toute la journée.

– Jusqu'ici, Mme Archer n'y a vu que du feu, nota Milo, l'air réjoui.

– Hum, fit Rose. Pourvu qu'il n'aboie pas pendant la conférence.

– Faut juste qu'il fasse pipi avant, précisa Ambroise. Ensuite, il sera muet comme une girafe.

– Une carpe ! rectifia Nadget, réjouie elle aussi (elle aimait beaucoup Clipper).

– Une carpe, si tu veux. Mais qui a déjà entendu aboyer une girafe ?

Riant, les filles et Milo se précipitèrent à l'intérieur du Grand Pavois pour rattraper le rang. Leur camarade demeura avec son chien au bord du trottoir.

– Dépêche ! le pressa Ambroise. Termine ce que tu as à faire et, zou, dans le sac.

Zou, dans le sac. Clipper enregistra. Il prit donc tout son temps. Il renifla partout, flâna, étudia avec soin les brins d'herbe, analysa miettes de viennoiseries et papiers froissés, l'air de proprement ignorer ce que son maître attendait de lui.

– Pitié… On sera repérés si on débarque les derniers à cause de toi.

Le chien, soudain, se figea. Poils et oreilles à la verticale, il fixa un point invisible entre deux voitures en stationnement. Puis il détala en flèche.

– Hé ! Ho ! hurla le maître, bondissant à ses trousses.

Lorsque enfin il le débusqua, le chien n'était pas seul.

Une fille rousse, robe rose et ballerines blanches, était adossée à l'une des autos. Elle avait l'âge d'Ambroise. Un épais cartable sous le bras, elle l'observa négligemment derrière des lunettes de soleil en forme de soleils. Au bout de son poing ballottait une longue cordelette en satin rose dont l'extrémité disparaissait derrière la seconde voiture.

– Euh, oh, pardon, bredouilla-t-il, surpris. Je… Je courais après mon chien.

– Lui, c'est après ma chienne qu'il court.

Elle avait un accent qui enrhumait ses « r » et lui remuait les narines. Ambroise trouva qu'elle ressemblait à un ravissant petit lapin. Un lapin en robe rose et ballerines.

– Ta ch… ? Oh. Je vois.

Clipper gambadait autour d'une élégante bestiole dont les oreilles soyeuses voletaient fièrement sur les joues. La cordelette en satin était une laisse.

– Elle est, euh, très jolie, fit Ambroise. Une bête de race, on dirait ?

La fillette transborda son cartable du bras gauche au droit et rejeta ses boucles rousses sur une épaule, de cette façon qu'ont les filles lorsque vous les observez mais qu'elles font mine de s'en ficher comme de leur premier petit pot.

– Bien sûr, dit-elle. Une pure dandie dinmont. Elle s'appelle Musty. Et lui ?

Derrière les lunettes en soleils rôdait un soupçon d'ironie.

– Clipper. Pur Malouin. Mon nom à moi, c'est Ambroise.

– Framboise ? dit-elle dans un brusque éclat de rire. Super pour un garçon ! Moi, je suis Wendy.

Elle riait tellement qu'elle fit presque choir son cartable. Ambroise souleva Clipper qui ne voulut rien savoir et se tortilla comme un gardon fraîchement pêché.

– Pas Framboise. Ambroise !

Il tourna les talons, réprimant avec peine les gigotis de l'animal. Il eut un mal fou à le refourrer dans le sac, qu'il zippa juste assez pour le laisser respirer.

Il courut avec son fardeau à l'intérieur du Grand

Pavois où il chercha sa classe parmi les groupes venus assister en masse, et de toute la région, à la conférence du célébrissime écrivain américain. Il repéra enfin les bouclettes de Nadget.

Par bonheur, Mme Lou Archer tournait le dos et ne le vit pas se faufiler. Rassemblés autour d'elle au (fabuleux) salon des Boussoles, les élèves finissaient d'admirer le (phénoménal) tableau, éclairé au fond de sa petite niche dans le mur.

– Tout le monde a regardé ? Savouré ? s'enquit la prof de français. Alors, en route. Ça va commencer.

– Rien eu le temps de voir ! chuchota Ambroise tandis que la classe bifurquait. Milo, elle va nous interroger dessus, tu crois ?

– Tu n'auras qu'à répondre que Surcouf ressemble à Herpangaron dans la saison 5 d'*Evil Sorcerer*.

– Phénoménal, tu parles. C'est grand comme ma tablette. Ce Van Peef, elle a dit qui c'était ?

– Juste un ancêtre à Van Gogh. Dors sur tes deux oreilles, va.

ENTRETIEN AVEC UN VAMPIRE

Le public jeunesse occupait la partie gauche de la vaste salle des congrès, la vieillesse occupait la droite. Au fond, cerné d'appareils et de fils électriques, un public à part : les journalistes.

Sur la scène, une table avec deux micros, ainsi que deux fauteuils vides, deux verres vides, une carafe pleine.

– On aura le droit de lui poser des questions ? s'inquiéta Eudoxie.

– Si vous le souhaitez, consentit Mme Archer dont les pommettes, roses à l'origine, viraient Stromboli. Levez le doigt, on vous apportera un micro.

– Tu oserais ? persifla Rose à l'oreille d'Eudoxie. Tu n'as rien lu !

Eudoxie la fit taire d'un coup de basket dans le tendon d'Achille.

Nadget et Milo écarquillaient pupilles et narines ébahies en direction du plafond à caissons d'acajou, des lustres à pampilles, des fresques aux murs, des tentures en velours bronze.

– Déjà mis les pieds dans un hôtel à quarante étoiles ? sifflota-t-il entre ses dents.

– Une fois, à Paris. J'avais cinq ans. Mes parents m'ont enmenée au Guignol des Tuileries. Comme j'avais mangé trop de glace et bu trop de soda, on a dû foncer aux toilettes les plus proches : le palace d'en face.

– Yooh. Comment c'était ?

– Aucune idée… Jamais trouvé l'interrupteur ! Il se planque où, Ambroise ?

– En poupe. À cause de Clipper.

– Le grand homme est en retard ! signala Rose.

D'un bon quart d'heure d'après la pendule vénitienne.

Au bout de cinq minutes, pourtant, le brouhaha décrut telle la flamme d'une bougie surmenée. Toute la salle étira le cou. Une dame avec un chemisier à nœud arriva au milieu de la scène.

– Je suis conseillère municipale, mon nom est Maïa Mitchum…

– À vos souhaits, gloussa Rose tout bas.

Autour, on pouffa avec discrétion. Après un laïus de bienvenue, Maïa Mitchum annonça, sous les applaudissements, le fantastique Jerry Austen. Au fond de la salle, Ambroise tapota benoîtement les trois centimètres de museau qui émergaient du sac à ses pieds.

– Chh… ordonna-t-il. Sage, Clipper.

Il s'était assis au plus loin de Mme Archer, vers l'entrée, au bord de l'allée, prêt à décamper. Au cas où.

L'écrivain ressemblait terriblement à… un écrivain.

Sa tenue chic et sport évoquait ces films de safari où l'on déguste du thé avec un nuage de lait sous une tente éclairée au pétrole, le fusil en travers des genoux. Il engloba l'assistance de son regard bleu, et prit place dans un fauteuil club.

– Il fait penser à ce musicien d'Iron Mix BC, chuchota Marie-Castille, voisine de Rose. Leur batteur, Aaron Fuschtig.

– À tes souhaits, marmotta Rose. Plutôt à leur pianiste, Dash Klum.

– À tes souhaits, lui retourna Nadget.

Toute la rangée pouffa derechef.

Jerry Austen déclara, en français, qu'il avait oublié son français. Tourmentant le nœud de son chemisier, Maïa Mitchum informa qu'elle était là, Dieu merci, pour traduire, que le public soit rassuré. Le débat pouvait commencer.

Un journaliste se leva.

– Mitch Brenner du *Clairon d'Arverne. Good morning*, Mister Austen. Vous amorcez une saga promise au même triomphe planétaire que la précédente. Un film dont vous êtes le scénariste sort bientôt. Vous débutez une tournée européenne. Vous aimez donc être partout ?

– Je partage ce privilège avec Chateaubriand, répondit suavement l'écrivain via son interprète.

– Peut-on dire merci au romancier qui fait lire même ceux qui ne lisent jamais ?

– Surtout pas. Je préfère que vous soyez méchant, caustique et drôle... Sauf si cela exige de vous six années d'études supplémentaires.

Ça démarrait du tonnerre ! Rose se pencha vers Nadget.

– Il se fourrerait un doigt dans le nez en demandant où se trouvent les petits coins, ça ferait déjà un fabuleux début de roman !

Jamais Nadget n'avait avoué à Rose qu'elle s'était endormie quatre fois au milieu du fatal combat des Kyytwugg du Haut-Royaume de Chtoj contre les Omgarr de l'Empire Sous-les-Gloo. Elle se borna à soupirer un sibyllin (mais économique) *pfffiiou !* qui fit voler ses frisettes sur son front et eut le mérite de passer sous silence qu'elle avait abandonné tout ce petit monde en train de se décapiter à la hache au milieu du tome 2.

– Josefa Kassel de *L'Éclaireur du Tyrol*, se présenta la journaliste suivante. Mister Austen, il paraît que vous êtes aussi doué pour la musique ?

– Voyez ? J'avais raison ! triompha Marie-Castille à l'oreille de ses voisins. Une tronche de musicien.

– Peut-être est-ce lui ? plaisanta Rose. Sacré Aaron Fuschtig !

– À tes souhaits ! marmonnèrent en chœur les camarades.

Ça n'en finissait plus de glousser. L'œil perçant de Mme Archer balaya le rang tel le faisceau d'un phare, mais ne rencontra que des visages angéliques et follement captivés par les paroles du grand créateur.

– J'ai martyrisé quelques clarinettes, répondait le grand créateur, toujours via Maïa Mitchum *(à vos souhaits)*. Hélas, mes poumons refusent désormais de souffler autre chose que la fumée de cigares. Alors, modestement, j'écris.

Un rire mal étouffé jaillit du fond de la salle, non

loin d'Ambroise. Il remua sur son siège. Une couleur claire dans l'allée lui fit tourner la tête.

Il reconnut le ravissant lapin en robe rose et ballerines. Le cartable toujours à son bras, sa petite chienne dandie-chose dans l'autre. Il fit un signe amical… qu'on lui renvoya.

– Hello, Framboise ! souffla-t-elle.

Le grand sac par terre s'agita soudain de saccades. Une main sur la truffe qui frétillait à l'ouverture, Ambroise émit un discret *tutt tutt* de rappel à l'ordre. Bien le moment que Clipper aille faire du charme à la dandie-machin !

– Hubert-Jean Guillochoni, critique littéraire à *Planet Books*. Bonjour, Jerry Austen. Une question simple : pourquoi écrivez-vous ?

Un silence suivit. Si la question était simple, la réponse l'était moins. L'interrogé croisa les jambes, ce qui permit d'admirer le cuir bicolore de mocassins raffinés.

– Ma sainte horreur du vide. Des ramettes de feuilles blanches empilées sur le bureau, ça donne furieusement envie de les remplir, non ?

– On vous fournissait des ramettes de papier en prison ? Je veux dire autrefois ? Au temps où les journaux vous surnommaient Satin-Noir ?

L'assistance échangea des regards surpris. Quoi ? En prison ? Jerry Austen ? Inouï. Satin-Noir… ? Quèzaco ? Malgré la perfide brutalité de la question, l'écrivain demeura olympien.

– À cette époque-là, expliqua-t-il le plus tranquillement du monde, Satin-Noir écrivait sur n'importe quel morceau de papier qui lui tombait sous la main. Journaux, Kleenex, emballages de savonnettes…

– Comment cela a-t-il débuté ?

– Un matin, j'ai trouvé un bout de crayon racorni dans un coin de ma cellule. Tombé vraisemblablement de la poche d'un gardien. Je l'ai taillé en le frottant sur un morceau de sucre. Les objets coupants sont interdits en prison, comme vous savez. Y compris les taille-crayons. Je mouillais la pointe toutes les deux lignes, avec ma salive, la mine était coriace. Ma salive fut ma première sueur d'écrivain.

Ambroise entendit qu'à nouveau on toussait et s'étranglait derrière. Il jeta un œil par-dessus l'épaule. Wendy hoquetait, toute rouge, dans un mouchoir.

– C'était il y a plus de vingt ans ! continuait Jerry Austen. Satin-Noir n'existe plus. J'ai conservé l'habitude d'écrire au crayon. Mon secrétaire tape ensuite mes manuscrits à l'ordinateur… mais mes crayons sont dorénavant de meilleure qualité.

Un rire complice parcourut le public.

– Dans vos récits, reprit le journaliste, il est question de formules magiques volées, d'épée enchantée dérobée, grimoires escamotés… Puisez-vous l'inspiration dans votre passé de cambrioleur des palaces ?

Le romancier écouta la traduction, flegmatique. N'était un léger tapotement agacé de son soulier bicolore.

– J'ai le génie de l'ignorer, rétorqua-t-il, mi-figue, mi-raisin. Tout comme les critiques semblent tout ignorer du génie.

Malgré cette repartie aussi tranchante qu'une hache de Kyytwugg du Haut-Royaume de Chtoj, le critique revint à la charge.

– Quel regard porte le Jerry Austen d'aujourd'hui sur le brigand d'hier ?

– Si l'on passait aux questions des enfants, mes *vrais* lecteurs ? éluda le romancier comme s'il n'avait pas entendu. Avec la permision de Miss… euh… Miss…

– Mitchum. Maïa Mitchum.

– À vos souhaits, s'esclaffèrent aussitôt Milo, Nadget et Rose.

Toute la rangée ricana. L'œil-phare de Mme Archer se braqua illico mais, cette fois encore, croisa les figures de l'innocence pure.

Eudoxie leva cinq doigts écartés.

– Combien de temps vous mettez pour écrire un livre ?

Le mocassin bicolore cessa de tapoter. On revenait en terrain confortable. Enfin.

– Le temps que je ne consacre pas à ma vie de famille.

À nouveau, le rire derrière. Cette fois, Ambroise ne regarda pas, trop occupé à pousser sous le siège le grand sac dont les sauts de truite commençaient à intriguer le voisinage.

Rose, qui buvait les paroles de l'homme illustre, ne bougea pas. Mais Nadget, elle, se retourna avec curiosité. Qui était l'insolente qui ne cessait de rigoler sans vergogne ?

Oh, Seigneur, ce rose ! C'était un tantinet… Quoiqu'il fallût admettre que ça lui allait plutôt bien, à cette écervelée. Et, oh, trop super géniales, ses ballerines !

– Notamment, poursuivit le romancier, à ma fille que je remercie de m'accompagner à contrecœur à ce festival. Elle a votre âge. Comme elle refuse obstinément de lire aucun de mes romans, je l'ai désignée ange gardien officiel de mes manuscrits originaux. Elle veille en ce moment sur celui que je suis en train d'écr...

Clipper gicla tel un ressort de son sac, et fila droit vers la dandie-trucmuche. Qui lança un jappement de sultane offusquée et ravie. Encouragé, Clipper happa l'ourlet de la robe rose et se mit à tirer allègrement.

– Hé ! fit Ambroise.

– Ouch ! fit Wendy.

– Ho ? fit Mme Archer.

– Ah ! fit la salle.

Jerry Austen s'esclaffa dans le micro.

– Notre Musty est une briseuse de cœurs ! (continuait de traduire Maïa Mitchum – *à vos souhaits* – en broyant le nœud de son chemisier et roulant des yeux inquiets.) Elle les rend tous dingos. C'est une dandie dinmont, savez-vous ? L'unique race de chiens dont le nom est tiré d'un roman ! Dandie Dinmont est en effet un personnage de Walter Scott, l'auteur d'*Ivanhoé* et de... Oh, Mister Austen, pardonnez-moi ! gémit la malheureuse conseillère municipale *(à vos...)*, abandonnant soudain la traduction pour parler à son propre compte. Que se passe-t-il là-bas ?

Là-bas ? Ambroise s'emberlificotait les baskets dans la laisse rose. Il abattit son sac ouvert sur Clipper, façon filet à papillons. Geste d'un absolu manque de tact et de psychologie canine. La fierté de Clipper refusa de se laisser encapuchonner, surtout sous les yeux de la sultane poilue (dont l'intérêt allait grandissant, la chose est à noter).

Il esquiva.

Ambroise s'affala par terre, devant les ballerines blanches.

Au cœur du charivari, le gros cartable chuta, béant, dans un retentissant *poum !* avant d'être joyeusement piétiné par quatre pattes et une paire de baskets.

Ambroise s'accroupit pour refouler à l'intérieur, en vrac, un tas de feuilles manuscrites ainsi que le livre épais qui s'en échappaient. La fille de Jerry Austen saisit le cartable, boucla le fermoir, et le serra contre elle, tel le trésor de Boscoreale.

Lorsque enfin il réussit à piéger son bestiau au fond du sac, Ambroise le zippa prestement, avant de se redresser, rouge et haletant… face à l'œil glacé de Mme Archer.

Dès lors, il s'attendit à tout.

À la foudre. Au tonnerre. À l'effondrement du

plafond et de l'univers. Au décrochage des lustres. Au parquet qui se fendait pour l'engloutir. À une mégacolle de six mois. Au Jugement dernier. À la prison à vie. À une gifle, même.

À tout. Sauf au cri qui leur transperça soudain les tympans :

– Au voleur ! Le portrait de Surcouf !... Le Van Peef a disparu !

À l'entrée, un maître d'hôtel avait surgi. Il brandissait une carte blanche toute grelottante d'émotion.

– Le voleur a laissé ça !

Ambroise, à côté, tordit le cou et put lire nettement la carte où une main avait inscrit au feutre noir :

Satin-Noir !

AU FESTIVAL du livre, il n'y a pas que des LIVRES
Avant d'être un célèbre écrivain, Jerry Austen a été un célèbre cambrioleur! On l'appelait Satin-Noir.
Un tableau a disparu! Le palace est en émoi. Sur le lieu du crime, une carte signée
Satin-Noir
Van Peef

HAUTE TOUR, MINI-ROCHERS

Deux chandelles fichées dans des verres faisaient briller quatre – non, cinq ! – paires d'yeux autour de l'antique caisse en bois. Les chandelles, mais aussi l'excitation… et la dégustation de mini-rochers pralinés dans une soucoupe en carton.

– Lisez ça ! chuchota Rose, toute rose. J'ai imprimé d'anciennes coupures de presse trouvées sur Internet. Il y a plus de vingt ans, Jerry Austen était un fameux cambrioleur. Il dérobait bijoux, visons et argent aux riches voyageurs des palaces…

– Il opérait en douceur et avec sang-froid, sans jamais molester personne, lut Ambroise à haute voix. Ses victimes le déclaraient courtois, raffiné, absolument délicieux. Tout le monde tombait des nues quand on découvrait ses larcins. Un cousin d'Arsène Lupin, quoi.

LA GAZETTE DE LA CÔTE D'AZUR

* * * * * **ÉDITION SPÉCIALE** * * * * *

L'AFFAIRE SATIN-NOIR

Le rat d'hôtel toujours insaisissable !

Par Laura V. Caspary
Notre envoyée spéciale
à Monte-Carlo

Nouveau cambriolage sensationnel la nuit dernière ! On a dérobé sa fabuleuse tiare d'émeraudes à la célèbre diva italienne Pergola Fiamiferi dans la luxueuse suite qu'elle occupe au Mistral Eden Palace. Sur le lieu du crime, le malfaiteur a une nouvelle fois déposé sa carte signée : Satin-Noir !

Satin-Noir, cet incroyable et hardi monte-en-l'air qui sévit depuis le début de l'été sur la Riviera ! Son mode opératoire ne varie pas. Sous un déguisement ingénieux, chaque fois différent, le détrousseur gagne la confiance de ses victimes, repère la cachette de son futur butin et s'infiltre ensuite dans les chambres inoccupées où, son forfait commis, il laisse sa signature.

Le soir d'un précédent vol, un témoin avait aperçu l'audacieux rat d'hôtel, vêtu de noir, se faufilant agilement de balcon en balcon, le visage caché sous le masque de satin qui lui a valu son nom. La Côte d'Azur est en alerte !

PLEIN SOLEIL

27° C dans l'eau
ce week-end sur la Côte

❀ **ÉVÉNEMENT** ❀

Remise du Grand Prix de la Rose à Grasse

Dimanche, le lauréat du concours recevra son poids en fleurs. Le prix sera remis de la main même du maire.

– Rigolo comme job, « rat d'hôtel » ! dit Nadget en léchant le cœur praliné de son mini-rocher. Clipper, tu n'es pas un rat mais un chien, le chocolat est donc toxique pour toi. Ambroise, tu n'as rien apporté pour cette pauvre bête ?

– Trois biscottes, fit Ambroise. C'est tout ce que j'ai pu rafler à la maison.

Il était le fils des gardiens du pensionnat des Pierres-Noires, le seul élève à pouvoir rentrer chez lui chaque soir.

– Satin-Noir a payé pour ses forfaits, fit remarquer Milo. La police a fini par le démasquer et l'a mis sous les verrous. D'après les journaux, il a même restitué la totalité de ce qu'il avait volé.

Nadget compulsa les articles.

– Il est écrit qu'à sa sortie de prison Jerry Austen s'est marié et a démarré une vie rangée d'auteur à succès. Hum… Si le succès rend honnête, il aurait pu commencer par là.

Rose se cala un mini-rocher entre la joue et la gencive et l'y laissa fondre.

Elle offrit une pointe de biscotte à Clipper, qui se détourna, ulcéré.

– Vous croyez, murmura-t-elle, que Satin-Noir, alias Jerry Austen, aurait remis ça ? Ici ?

– Il est désormais assez riche pour s'offrir une dizaine de Van Peef, observa Milo.

– On peut voler pour le fun, argua Nadget. Par jeu. Pour le frisson de l'aventure.

– Jerry Austen a un alibi en béton. Il était en conférence au moment du vol. Avec nous. Il y a cent témoins. Je crois plutôt, réfléchit Rose, que quelqu'un se sert du nom de Satin-Noir.

– Objection, votre honneur ! réfuta Ambroise. On a découvert le vol *au moment* de la conférence, mais il a pu avoir lieu *bien avant.*

– Objection retenue, monsieur le procureur, convint Nadget.

– Bref, conclut Milo. Ou c'est lui. Ou ce n'est pas lui. Le Club de la Pluie doit y mettre son grain de sel. On commence par quoi ?

– L'hôtel, dit Rose sans hésiter. Il faut aller y fureter, glaner renseigements et indices. Clients, serveurs, chasseurs, femmes de chambre… Tout ça.

– Jouons aux détectives espions, dit Nadget. Profitons de notre samedi au Festival. Une journée entière pour fouiner à loisir.

– La prof nous a concocté un programme plus lourd qu'un triple cheese, fit Milo. Quelqu'un connaît le menu ?

Nadget énuméra de mémoire :

– Matin : découverte du Salon. Dédicaces conseillées. À midi, la garden-party au Château, avec la remise du prix de la meilleure illustration pour les écoles, et du prix Corsaire à l'écrivain de l'année.

– Je propose d'abréger discrètement la visite des stands, pour nous éclipser au Grand Pavois et mener, tout aussi discrètement, l'enquête.

– Yes ! Dans la foule du festival, on sera le Club invisible ! se félicita Milo, qui harponna son quatrième mini-rocher sous le nez d'un Clipper scandalisé. Je me disais, ajouta-t-il, sourire en coin, que, euh, Ambroise pourrait cultiver ses, euh, nouvelles relations ?

– Et comment ! approuva Rose. La fille au petit chien, la fille de l'écrivain !

– La déguisée en pastille pour la gorge ? acidula Nadget. Allez, avoue, Ambroise, on est entre potes : qu'est-ce qu'elles ont de si captivant, ces Américaines ?

– Un cerveau en mode Netflix, un estomac sur Fréquence Coca, rétorqua Ambroise en gratifiant son chien d'une chiquenaude censée confirmer son ton désinvolte. Reconnaissez que cette Wendy est drôlement mignonne.

– Rôôh… Il connaît déjà son prénom, ronronna Nadget. Elle décocha un lumineux sourire au dernier mini-rocher, avant de le gober avec férocité. N'empêche, cette pauvre fille rigole niaisement pendant les discours de son père. Une simplette, à coup sûr.

– Elle a peut-être ses raisons de rigoler, intervint Milo par solidarité. À moi, elle m'a paru charmante, dégourdie et, euh, mignonne, oui.

– Bah ! conclut Rose. Si on supprime ses yeux fascinants, ses lèvres rutilantes, ses dents éblouissantes, ses cheveux incendiaires, ses oreilles enchanteresses, ses épaules divines et ses mollets féeriques, cette Wendy ressemble à n'importe quelle créature gluante dans *Star Wars*.

Sur ce, l'ultime chocolat englouti et la seconde bougie sur le point d'expirer, le Club de la Pluie leva la séance.

On rangea la caisse en bois, on ferma délicatement la porte de la vieille tour, puis on redescendit à pas de loup afin de regagner chacun son dortoir par les longs couloirs obscurs et silencieux du cher vieux pensionnat.

LITTÉRATURE ET CONFITURE

La brise de fin de printemps projetait des escadrilles de mouettes vers les quais et le grand chapiteau du Festival. Les élèves notèrent que leur professeur portait un tailleur raide neuf (qu'on ne lui avait jamais vu, en tout cas) et des escarpins pointus assortis à un cabas bourré à craquer.

– Ses cheveux sont plus courts aussi, non ? s'ébahit Milo. Ou c'est ma vue qui rétrécit ?

– Elle sort de chez le coiffeur. Chut. Mme Archer s'est faite belle pour son écrivain préféré, confia Rose. Dans ce sac, elle trimballe sa pile à faire dédicacer par Manuel Houvrelebec.

– Vous avez tous vos chèques-livres ? Vos badges ? s'assura Mme Lou Archer, la voix aussi perchée que ses talons. N'hésitez pas à réclamer des dédicaces. Je rappelle qu'il est expressément interdit de quitter le chapiteau.

La classe plongea dans la multitude, le tohu-bohu, le monde merveilleux d'un Salon du livre. On se sépara par groupes, avec consigne de tous se retrouver à l'accueil un peu avant midi. L'on passa sous un stylo géant en polystyrène pendu à une banderole publicitaire :

Stylo Mont-Plume
Écrivez... Il fait le reste.

Rose avait économisé assez d'argent de poche pour s'acheter au moins quatre livres. Elle aurait aimé offrir son chèque-livre à Milo, dont la famille n'était pas riche, mais elle ne savait comment s'y prendre. Milo était une âme fière... Bah, elle trouverait.

Les élèves s'égaillèrent. Le Club se concerta près d'un stand d'ouvrages consacrés au jardinage.

– Vous avez entendu ? grogna Ambroise, dépité. Mme Archer ne veut pas qu'on sorte d'ici. C'est fichu pour enquêter au Grand Pavois.

Rose résista.

– L'hôtel n'est qu'à trois minutes. Dans cette bousculade, personne ne remarquera notre absence.

– Z'y va ! souscrivit Milo, l'œil brillant. Je te suis !

– Moi aussi, dit Nadget. Mais avant, il faut que je débusque l'auteur cultissime de mon crétin de frère. Il dédicace en ce moment même, d'après le programme.

– Il est préférable de se rendre tout de suite au Grand Pavois, estima Rose. Profitons que Mme Archer est tout feu tout flamme parmi ses bouquins et ses écrivains, elle pensera moins à nous. Ton Cultissime ne peut pas attendre ?

– Sa séance de signatures a déjà commencé, répondit Nadget en vérifiant la brochure. Il ne faut pas traîner.

– Alors sprintons ! murmura Milo, un œil sur sa montre, l'autre s'assurant qu'élèves et professeur avaient tous disparu dans la foule.

Innocents et décontractés, ils abandonnèrent en tapinois le tumulte du chapiteau. Sitôt dehors, ils piquèrent un galop le long du quai, le cœur battant. Si on les surprenait !

– Hé ! Hé ! freina brusquement Milo. Là-bas… Ce ne serait pas… ?

Anxieux, ils scrutèrent une silhouette sur la place.

– Ouf. J'ai cru que tu nous montrais Mme Archer, s'écria Ambroise, subitement guilleret.

– La créature gluante ! identifia Rose.

– Netflix et Coca-Cola ! confirma Nadget.

Flanquée de sa dandie dinmont, Wendy Austen arborait ce matin des collants amande sur une courte tunique noisette, un gracieux béret vert mousse en suspension sur ses boucles flambantes.

– Plutôt la fille de Guillaume Tell ! révisa Milo. Elle déchire, hein, Ambroise ?

La jeune Américaine attendait sagement son tour devant une baraque à crêpes. Placée de trois quarts, elle ne les voyait pas.

– L'occasion de lui causer ! préconisa Ambroise. De l'interroger, rectifia-t-il avec un rictus. On mène une enquête… *Remember* ?*

– Mazette, il vient de décrocher son master d'anglais ! s'extasia Nadget. Allons catapulter quelques flèches à la Robinette des Bois.

Ils se casèrent, mine de rien, dans la file d'attente. À un signal de Milo, ils se mirent à brailler :

– Un dandie dinmont ! Wow, ben ça alors…

– Quelle bête mirifique !

– C'est rare, les dandie dinmont, *isn't it*** ?

– Jerry Austen en parlait justement hier.

* Vous vous rappelez ?

** N'est-ce pas ?

Wendy pivota vers ces gens qui s'égosillaient si fort à propos de sa chienne. Son regard ricocha sur Ambroise.

– Framboise ! s'exclama-t-elle, ravie. Où est Clipper ?

– Framboise ? toussa Nadget en gratifiant Rose et Milo de grimaces et de bourrades incrédules. Elle l'a *vraiment* appelé Framboise ?!

– Wendy ? s'écria Ambroise, faisant mine de seulement la reconnaître. Non, pas de Clipper aujourd'hui. Qu'est-ce que tu fais là ?

– Je donne des leçons de breton à mon estomac.

– Framboise ! répéta Nadget en se bouchant le nez. J'y crois pas.

– Aidez-moi, implora Wendy en montrant les pâtisseries de la cahute. C'est quoi, ce bidule, là ?

– Du kouign-amann.

– … ?

– Koui-gna-mann, articula Rose. Un genre de palet de hockey infusé dans du beurre et du sucre. C'est meilleur tiède.

Au bout de la laisse en satin, Musty exprima une brusque ferveur pour ce régal celtique.

– Hum, fit sa maîtresse. Ça se mange avec du Mercurochrome et un sparadrap ? Rien que le nom, on dirait un portail très lourd qui veut vous pincer les doigts.

– Tu parles hyper bien le français, dit Rose qui commençait à la trouver extrêmement sympathique.

– Je suis au CFNY.

– Rien que le nom, on dirait un de ces endroits du Bronx où des flics de choc vous mettent les mains en l'air.

– Gagné. Il s'agit du Collège Français de New York. Sauf qu'il ne se trouve pas dans le Bronx, mais vers la très chic Cinquième Avenue.

– Framboise… continuait de grommeler Nadget avec pitié.

– Et vous ? reprit Wendy après avoir opté pour la sobriété d'une crêpe à l'orange. Votre collège est à Saint-Malo ?

Tout en passant les commandes, ils évoquèrent le pensionnat des Pierres-Noires, ses augustes tourelles de granit, ses ténébreux couloirs où l'on croisait parfois un fantôme*, les dortoirs qui donnaient sur la mer ou les remparts.

Wendy écarquillait de grands yeux bluffés.

– Mais c'est atrocement excitant ! Vous m'em-

* Voir *Le Club de la Pluie brave les tempêtes.*

mènerez voir ça, dites ? Ici, on s'enquiquine tellement. Mais tellement !

Elle offrit un coin de galette à Musty qui, sous des minauderies de sultane blasée, la lorgnait en bavant comme un alcoolique privé de bouteille depuis une heure.

– Tu t'ennuies ? s'étonna Milo d'un ton de reproche. Ici ? Je n'arrive pas à le croire.

– Moi non plus, marmottait Nadget, dégoûtée. Framboise…

Rose glissa une miette de crêpe à la blasée poilue qui happa avec l'ardeur d'une farouche paysanne.

– Quelle chance tu as, pourtant, de suivre une personnalité aussi passionnante que ton papa ! fit-elle remarquer. De veiller sur ses précieux manuscrits.

– Honnêtement, je… préférerais être ailleurs ! avoua Wendy.

– Comme je te comprends ! gazouilla Nadget. Qui aimerait dormir dans des palaces, être invité à des soupers fins et des cocktails mondains, conduit par un chauffeur, côtoyer les auteurs célèbres ? Je ne souhaite pas cela à ma pire ennemie.

La fixant, énigmatique, Wendy savoura une bouchée avant de soupirer :

– Qui aime écouter ces auteurs célèbres pérorer ou se lamenter sur les ventes de leurs bouquins, dénigrer les plats qu'on leur sert, se moquer de leurs confrères surtout si ce sont des consœurs, se plaindre de leur mal de dos en échangeant des adresses de kinés ? Je ne souhaite cela à… oh, à personne.

Elle froissa l'emballage aluminium de sa crêpe achevée et reposa la petite chienne sur le sol.

– Quelles têtes vous faites ! s'esclaffa-t-elle soudain. On croirait que je viens de démolir la tour Eiffel.

– Qu'est-ce qui te faisait tant rigoler à la conférence ?

– J'adore papa, mais il sert toujours la même soupe. Je l'adore même si c'est un vampire. Et même si, en m'obligeant à ce voyage, il m'empêche de participer au spectacle de mon école de danse.

– Tu danses ?! s'exclamèrent-ils ensemble.

– C'est ma passion.

Elle exécuta un gracieux entrechat pour projeter adroitement la boule d'aluminium dans une corbeille.

– Le pire, c'est de penser que Jennifer Krupenschmock va danser mon rôle à ma place. Il faut que je me souvienne de piquer dix-sept épingles sur sa photo pour qu'elle se flanque une entorse. Vous avez ça, dix-sept épingles ?

– Pas sur nous. Mais c'est une excellente idée de maléfice que tu nous donnes là, répondit Nadget d'un ton plein de sous-entendus.

– Je dois cependant admettre, fit Wendy en ignorant le sourire de chipie de Nadget, qu'avec la disparition du tableau l'ambiance, ici, devient passablement rigolote. L'hôtel grouille de policiers. Ça offre un peu de distraction. Ils ont même interrogé papa.

– Ah ? dit Rose, saisissant la perche. Ils ont démasqué le coupable ?

– Oh non ! En tout cas, ça n'est pas papa ! fit Wendy en riant. Malgré la signature *Satin-Noir*. C'est indubitablement un *copycat*.

– *Copycat*… C'est quoi ?

– Un imitateur. Le voleur s'inspire des exploits passés de papa. D'autant que…

– Que… ?

– Il s'est passé un drôle de truc hier matin.

– Quoi ???? firent-ils en chœur.

– Tu sais quelque chose ? la pressa Ambroise.

Wendy les jaugea, un par un, sans se presser, avant de finalement répondre :

– Oui… et non.

– Pouh... Ça ne veut rien dire, ça ! s'agaça Nadget. *Oui et non !*

Wendy vérifia les alentours d'un œil conspirateur. Instinctivement, ils s'agglutinèrent autour d'elle.

– Je ne l'ai raconté à personne, confia-t-elle à voix basse, mais... hier, en allant à la conférence de papa, juste après avoir rencontré Framboise et Clipper, je suis passée par l'arrière de l'hôtel pour éviter tous ces groupes qui débarquaient, et...

Elle se tut, béret songeur.

– Et... ? l'encouragea Rose.

– Dans le couloir... J'ai aperçu une ombre ! Une silhouette en justaucorps noir qui s'enfermait à toute vitesse dans les toilettes du rez-de-chaussée. Elle portait un paquet sous le bras, l'air de se cacher...

Ils étaient tout ouïe. Tout en affichant un flegme sherlock-holmesien.

– Un paquet, répéta, Milo aussi neutre que possible. Et… ensuite ?

– J'avais une abominable envie de faire pipi. La conférence de papa risquait de s'éterniser, il fallait prendre les devants. Quand il parle avec ses lecteurs, on ne l'arrête plus. Une fois, il a causé pendant…

Elle non plus on ne l'arrêtait plus. Faisait-elle exprès ? Ils mouraient d'envie de la secouer comme un cerisier, Nadget de l'étrangler.

– J'ai attendu devant les toilettes, reprit en hâte Wendy, alarmée par les quatre regards féroces braqués sur elle. Longtemps. Très longtemps. J'ai fini par frapper à la porte, je n'en pouvais plus, vous comprenez. Pas de réponse. Alors j'ai secoué la poignée.

– Et… ? souffla Ambroise.

– La porte n'était pas fermée.

– Et… ? haleta Nadget. Laisse la demoiselle se dépêcher de raconter, Framboise, tu veux ?

Wendy haussa les épaules.

– Et rien. Personne. L'ombre en noir avait disparu. Volatilisée. Pffuit. J'ai pu faire pipi tranquille ! conclut-elle, radieuse.

– Il… enfin, cette ombre… s'est enfuie par la fenêtre ? insista Milo.

– Aucune fenêtre. Aucune issue. Impossible de sortir, hormis par cette porte devant laquelle j'attendais. Fantastico-surnaturel, hein ? dit-elle en exhibant ses jolies dents. Les fantômes ne se promènent pas uniquement dans votre pensionnat.

– Tu t'es éloignée de la porte à un moment ou un autre ?

– Il aurait fallu me tuer. Pas question qu'on me passe devant ! J'avais bien trop envie de…

– Tu l'as raconté à la police ? interrompit Rose.

– Pour qu'on me traite de cinglée ? Qu'on dise que j'ai halluciné ?

– Cette silhouette en noir… C'était un homme ou une femme ?

Wendy souleva Musty et suivit le vol d'un goéland en tournicotant la houppette frisottée qui décorait l'occiput de sa chienne.

– Aucune idée. Ç'a été si rapide. Mais le paquet sous son bras était plat comme un tableau. Dites donc, fit-elle, sautant du coq-à-l'âne, vous allez au lunch pour la remise des prix, tout à l'heure ?

– Oui. L'école est invitée au Château, dit Ambroise. Des classes ont participé au concours d'illustrations.

– Le Château… Un mystérieux manoir breton, dans le genre de vos Pierres-Noires, je parie ?

– Si on veut ! rigola Milo. C'est la mairie. On dit « le Château » car autrefois c'était la demeure d'Anne de Bretagne.

– *Amazing* !* rayonna Wendy. Si vous êtes là, j'arriverai peut-être à supporter un discours de plus sans mourir !

Elle se mit à leur sautiller autour, à rire, à cabrioler tel un Comanche avant l'averse.

– *Yes !* Enfin on rigole ! rugit-elle. Je m'amuuuse ! *Thanks* ! Merci !

Elle les quitta avec des pirouettes et des saluts. Elle détala à travers la place, sautillant toujours, sa sultane à poils sous le bras, leur expédiant de gais petits baisers du bout des doigts. Son habit de Robin des Bois, aux allures de farfadet blagueur, s'évapora dans la foule.

– L'ombre a disparu, murmura Rose après un silence. Avec un paquet de la taille d'un tableau.

– Grâce à Wendy, on a des renseignements précieux, nota Ambroise.

– Que la police n'a pas ! ajouta Milo.

– Elle fait en tout cas des efforts surhumains

* Incroyable !

pour jouer les demeurées, conclut Nadget. Je ne parle évidemment pas de la police.

– Hé, fissa ! s'écria Milo. L'heure tourne.

– Sapristi ! On ne sera jamais de retour pour midi.

– Le Cultissime ! se souvint Nadget dans un gémissement. Si je le rate, Saladin fera de moi de la pâtée pour cochons. Oh, j'enrage... Mais j'ai bien peur de devoir vous laisser y aller sans moi. Grrr ! Sans cette gourde...

– Notre enquête n'aurait pas avancé si vite, lui rappela Ambroise. Wendy nous a révélé des trucs que personne ne sait. Je t'accompagne, décida-t-il devant la mine chagrine de sa camarade. On va faire équipe, OK ? Quatre oreilles valent mieux que deux. On ouvrira les nôtres bien grand, et s'il y a des indices à glaner au salon, parmi les écrivains...

– Vraiment ? fit Nadget, touchée. Tu es un frère, Ambroise. Oh, et puis non... J'en ai déjà un, merci, il me suffit bien, ce boulet.

– Ambroise a raison. L'enquête avancera plus vite si on se partage le travail, dit Rose. On se fait moins remarquer par deux qu'en bande. Milo et moi, on file au Grand Pavois.

Les joues d'Ambroise avaient rougi un brin. Pour dire la vérité, sa proposition charitable n'était qu'à moitié charitable. Wendy et sa Musty avaient pris la direction du Salon… La chance les remettrait peut-être sur leur chemin.

– Satin-Noir se cache probablement derrière une pile de livres de cuisine, proféra Milo d'une horrible voix de sépulcre.

– Le Club de la Pluie sur le sentier de la guerre ! fit Rose en écho.

Nadget fonçait déjà vers le chapiteau. Au bout de quelques pas, elle se retourna.

– Dépêche, Framboise. Ou c'est Citrouille qu'on t'appellera…

Sous le chapiteau, la cohue s'était aggravée. Nadget et Ambroise repassèrent sous le stylo géant :

Stylo Mont-Plume
Écrivez… Il fait le reste.

Ils présentèrent leurs badges à l'accueil et plongèrent dans la multitude, avec la sensation d'un saut dans une cuvette d'eau chaude. Nadget entraperçut une tête ronde au loin, peut-être celle d'Eudoxie. Par bonheur, celle de la prof de français demeura invisible.

Dans sa poche, tout à coup, le téléphone froufrouta.

« Oubli pa ma D-diKass ! Nero et là Kune journé ! » déchiffra-t-elle sur l'écran. Où diable son frère s'approvisionnait-il en orthographe ?

Il a du bol, maugréa-t-elle in petto, que j'aie pensé à emporter son détritus.

– Stand M47 ! indiqua-t-elle à Ambroise, l'œil rivé au plan des lieux.

Tous deux s'incrustèrent au travers de la foule compacte. Ils remontèrent, suant, luttant, à contre-courant jusqu'au centre du chapiteau.

Ils débouchèrent au M47.

– Navrée ! Navrée ! Navrée ! était en train de répéter la libraire, l'air effectivement navrée, à un magma de fans encore plus navrés, amoncelés et bourdonnants, autour de son étal. M. Wolfy devrait être là depuis une heure. J'ai appelé l'hôtel cinq fois, mais sa chambre ne répond pas. La réception évoque un *jetlag* carabiné.

– C'est quoi ?! brama un fan au désespoir. C'est quoi un *jetlag* ?

– Tu te rappelles lorsque tu as reçu sur la tête les trente kilos de l'*Encyclopédie des fromages de France* à mémé ? répondit la cousine qui l'accompagnait. Que tu hurlais, après, que le flacon de shampooing était un renard qui voulait te dévorer ?

– Zut pour le Cultissime ! ronchonna Nadget en remisant dans son sac le détritus qu'elle venait d'extraire. On fait quoi en attendant ?

– On part à la pêche aux infos, décida Ambroise. Et on repasse plus tard.

– Si on rejoignait les autres au palace ?

– Tu risques de rater ton Wolfy.

Il prit la tangente. Nadget suivit en soupirant.

Après avoir dérivé avec la foule à la façon des bouchons sur l'eau, ils tombèrent – par un hasard habilement orienté par Ambroise – face à une table qui reculait insensiblement sous l'ardeur grondante d'une vague d'admirateurs tel le canot sous l'action d'avirons.

– Oh ! s'exclama Nadget. C'est Jerry Austen !

– Pour une coïncidence ! marmonna Ambroise.

L'Américain griffonnait des mots éternels sur l'exemplaire d'un fan, tout en essayant de contenir canot et avirons qui menaçaient de l'envoyer à bas de sa chaise. Sa fille n'était pas avec lui.

– Il y a trop de monde, constata Ambroise, un brin désenchanté. On va voir plus loin ?

Une groupie de treize ans, à bob jaune, déboula en plein dans leurs mollets. Elle se contorsionna, dans l'incompréhensible but de se faire écrabouiller par des dizaines de talons. Nadget l'observa, intriguée. Le bob jaune semblait inflexible sur le crâne de sa propriétaire.

– Ton objectif secret est-il d'essuyer la poussière sous la table ? finit-elle par demander. D'y piquer un roupillon ? De te faire aplatir ?

– Je... veux un de ses... lacets. En souvenir ! expliqua l'autre, étouffée par l'émotion et la forêt de jambes qui la pilonnaient.

Elle exhiba une paire de petits ciseaux à bouts ronds prêts à passer à l'action.

– Sers-toi de tes orteils ! hasarda Nadget.

– ... ?

– Eux, ils sont à la bonne hauteur.

Elle repêcha Ambroise qui avait déjà dérivé.

– Ouvrons les oreilles ! (Elle chuchota à la sienne :) Après tout, ce chapiteau abrite en ce moment celui qui fut le *vrai* Satin-Noir.

*
* *

La première figure qui se présenta à Milo et Rose dans le hall du Grand Pavois fut celle d'un policier. Milo agrippa le poignet de Rose. Mais Rose trottait, sûre d'elle. Elle sourit plaisamment au représentant de l'ordre qui ne sourit pas, mais les laissa passer.

Ils s'arrêtèrent assez loin du hall, afin de respirer et aviser.

– Primo, trancha Rose, localiser et inspecter ces toilettes du rez-de-chaussée où s'est volatilisée la mystérieuse silhouette.

Ils dépassaient un salon large ouvert lorsqu'un blazer à boutons dorés les bouscula. L'homme entra sans s'excuser. Sans doute ne les avait-il pas remarqués. Ce n'étaient, après tout, que des enfants.

– Monique ! claironna-t-il avec des moulinets du bras à l'intention de deux dames installées à une table. Mon attachée de presse préférée !

– Jean-Maxime ! le salua l'une d'elles, une brune à lunettes. Je voulais justement te présenter…

– Ta nouvelle secrétaire, ton souffre-douleur ! la devança-t-il, jovial. Ça se devine tout de suite. Elle est mignonne, mais joliment timide, dis donc. Ne vous laissez pas impressionner, plastronna-t-il, s'adressant à ladite secrétaire. Vous êtes sûrement débutante mais…

Il continua de pérorer ainsi, sans les laisser en placer une. La brune à lunettes coulait des regards ironiques à sa compagne, une femme à la beauté discrète, avec une tresse d'un blond presque blanc enroulée autour de la tête. Comme dans *Michel Strogoff*, pensa d'abord Rose. Tout de suite après, elle étouffa une exclamation de surprise.

– Quoi ? chuchota Milo. Tu les connais ?

– La blonde. Ce n'est pas du tout une secrétaire. C'est Boritza Pahor, la romancière slovène. Tout le monde dit qu'elle sera le prochain prix Goncourt. Elle a écrit *Des fantômes et des loups.* J'ai adoré ! Je l'ai lu trois fois, tellement c'est beau. Oh, il faut absolument que j'aille le lui dire !

Sous l'œil vaguement effaré de Milo, Rose pénétra d'un pas enthousiaste dans la salle. Sans réfléchir, elle s'adressa spontanément à la dame à tresse blonde.

– Bonjour, madame. Vous êtes Boritza Pahor, n'est-ce pas ? J'ai lu *Des fantômes et des loups* et je dois vous dire que c'est l'histoire la plus bouleversante que j'aie lue depuis *La Petite Sirène* d'Andersen et *Les Misérables* de Victor Hugo.

Boritza Pahor écouta la fillette, quelque peu interdite. Elle la dévisageait de ses yeux doux, comme secrètement soulagée qu'on vienne la délivrer du flot de bavardage qui jaillissait du blazer à boutons dorés.

Elle tendit ses deux mains vers Rose. Les paumes de la fillette étaient moites d'émotion, les siennes fraîches, sèches et douces.

– Fichtre ! Victor Hugo et Andersen ! C'est adorable. Tu me combles. Comment t'appelles-tu ?

Son accent sentait bon la haute montagne. L'homme au blazer, subitement frappé de mutisme, réalisait avec épouvante sa bévue.

– Rose, dit Rose.

– Le dernier roman de Boritza est finaliste pour le prix Corsaire, confia Monique au blazer (ses lunettes étaient malicieuses). Tu ne l'as donc pas lu, Jean-Maxime ? Tu devrais. Il y est question de bravoure et de résistance silencieuse.

– *Res ? Slovenska vas ?* interrogea, derrière Rose, la voix de Milo.

– Bien sûr ! s'exclama Boritza Pahor, proprement ravie. Quel plaisir d'entendre parler slovène ! Ma langue natale que tant de gens ont voulu bâillonner. Avant guerre, les fascistes italiens interdisaient qu'on l'utilise. On pouvait se retrouver en prison juste parce qu'on voulait parler sa propre langue.

– Je sais, fit Milo. *Moja babica* Sarina, ma grand-mère, nous le racontait souvent.

– Mon ami Milo, le présenta doucement Rose.

Elle l'observait, bouche bée. Quel air sage et digne il avait, tout à coup.

Mais quel cachottier aussi, ce Milo…

Quand ils prirent congé au terme d'une exquise

conversation, moitié en slovène, moitié en français, Boritza et Monique leur firent la bise. Jean-Maxime avait pris la poudre d'escampette depuis belle lurette.

– Tu parles le slovène ? reprit Rose, dans le couloir. Ta famille est slovène ?

– Ma famille est beaucoup de choses, dit Milo. Un peu roumaine, un peu ukrainienne, russe, espagnole, turque, et italienne aussi. Un lord anglais a même épousé une de mes aïeules bulgare au XIXe siècle…

– Mais c'est passionnant ! Et tu ne le racontes jamais ! le réprimanda son amie. Tu en fais un secret ?

Il haussa une épaule. Milo était du genre sobre.

– Pas du tout. Si on me demande, je raconte. Vous n'avez jamais demandé.

Certes. N'empêche. Cheminant dans le couloir, Rose était en train de songer que, maintenant, elle savait quel roman offrir à Milo avec le chèque-livre.

À proximité, un charivari musical explosa comme un coup de fusil. De l'autre côté d'une porte close, on entendait *Love Me, Please Love Me* sur un piano qui jouait faux, escorté de voix qui chantaient encore plus faux, et à tue-tête.

Un serveur à plateau fit irruption dans le passage.

– Bonjour monsieur, fit Rose en arborant son

air sucré de première de la classe. Pouvez-vous nous indiquer les toilettes, s'il vous paît ?

– Au fond à gauche, comme il se doit.

Derrière le battant clos, ça vocalisait tenace. *Je suis fou-ou-ou de vou-ou-ous…* Le *do* resta audacieusement perché avant de déraper en ululements, clameurs, et explosions de rire. Les enfants se bouchèrent les oreilles. Le serveur, encombré de son plateau, marqua un simple arrêt, las et douloureux, et endura stoïquement.

– Qu'est-ce que c'était ? s'informa Milo dans un fou rire nerveux.

– Des écrivains troubadours ? suggéra le serveur comme il aurait proposé un nom d'insectes introuvables. En train de mettre au point un suicide collectif ?

Il voulut battre en retraite, plateau à l'horizontale. Mais la vie de palace étant pleine d'imprévus, un petit bonhomme hirsute déboula à cet instant hors de l'ascenseur. En pantoufles écossaises et robe de chambre en laine, il intercepta le serveur qui s'apprêtait à disparaître.

– Quand sert-on le dîner ? geignit-il.

– Ma foi, répliqua l'autre, flegmatique. À l'heure du dîner, monsieur. C'est-à-dire 19 heures.

Le quidam aux pantoufles écossaises s'exprimait avec un improbable accent, que Rose reconnut. Son père, traducteur-interprète, avait des amis qui parlaient de cette façon-là. Celle du Français qui vit depuis longtemps à l'étranger.

– Et il n'est pas 19 heures ? larmoya l'homme, les foudroyant du regard comme s'ils étaient responsables des désordres de la marche du temps.

– 11 h 13 du matin, monsieur, fit placidement le serveur. Le room service peut néanmoins vous monter une collation.

– Je meurs d'envie d'une choucroute avec beaucoup de moutarde. Vous auriez ça ?

– Bien entendu. Mais à 19 heures, monsieur.

L'homme prit sa tête ébouriffée à deux mains. Il fit demi-tour et réintégra l'ascenseur en dodelinant.

– C'est un… écrivain ? demanda Milo quand la cabine se fut refermée dans un glissement.

– Je le crains, expira le serveur.

– Je fais collection de dédicaces, inventa Rose. Vous connaissez son nom ?

– Mon Dieu, ils sont tellement. On ne peut pas s'amuser à les retenir tous, n'est-ce pas ? Sans doute un auteur de best-sellers qui réside dans ces îles des Caraïbes où l'on ne connaît pas l'impôt.

– Il avait une petite mine, observa Milo.

– *Jetlag* force 6 ! résuma l'homme tranquille. J'en connais que cela rend positivement cinglés. Les pires, ce sont les Texans. Tout de suite après, les Tasmaniens.

– C'est quoi, *jetlag* ? dit Milo.

– Vous êtes à Dublin à déguster une truite vapeur, la minute d'après vous êtes à Sumatra avec des sauterelles frites dans votre assiette. Les avions volent trop vite, qu'est-ce que vous voulez. Ça vous met la tête sur la chaise à côté.

Ayant dit, il s'éclipsa pour de bon.

– Cet endroit m'a l'air d'un repaire de doux dingues, conclut Milo.

– La vie de palace ! s'amusa Rose.

Ils trouvèrent les toilettes comme indiqué et se répartirent la tâche. Rose fureta au rayon dames. Elle n'y découvrit rien de notable, hormis un dérouleur de papier surmonté d'une sirène en cristal et d'adorables savonnettes en forme de coquilles Saint-Jacques qui embaumaient le réséda. Le lieu était tel que Wendy l'avait décrit : ni fenêtre ni soupirail. Aucune échappatoire possible.

Milo inspecta le rayon messieurs, mais par pur acquit de conscience. En réalité, il y avait peu de chances que Wendy se fût risquée à aller dans ce coin-là. C'était une Américaine, après tout.

– Aucun passage, aucune issue, pas de porte communicante, récapitula-t-il lorsqu'il retrouva Rose en zone neutre, c'est-à-dire dans le couloir.

– La silhouette dont a parlé Wendy a pourtant disparu là ! insista-t-elle. Comment et où…

Son point d'interrogation s'étrangla.

Une ombre noire venait d'apparaître, fugace, au fond de la galerie. Les apercevant, l'individu opéra une volte-face éclair, puis décampa à toutes jambes.

La stupeur les cloua une seconde sur place.

La seconde d'après, ils s'élançaient à ses trousses.

La silhouette fila par une porte, au loin, où démarrait une cage d'escalier. Rose et Milo s'y engouffrèrent et grimpèrent les marches quatre à quatre.

Sous leur galop, le tapis épais émettait des *poum poum* cardiaques. Au-dessus, le fugitif en noir, lui, courait sans bruit, volait presque, léger comme l'air. Au troisième, ils virent osciller doucement la porte qui donnait sur le palier.

– Il est parti par là ! fit Milo, hors d'haleine.

À cet étage, les tapis encore plus épais étouffaient les sons. Les numéros dorés sur les portes des chambres défilèrent : 334, 336, 338… Toutes étaient closes. Au bout du couloir, ils débouchèrent sur un croisement. Personne.

Ils se tinrent aux aguets, haletants.

– C'était lui, hein ? souffla Rose. Satin-Noir !

Milo acquiesça. Oui, c'était à coup sûr la créature

repérée par Wendy le matin de la conférence. Il désigna une lourde demi-colonne blanche au milieu du second couloir, avec une lampe en marbre posée dessus.

– Planqué derrière ? suggéra-t-il, à peine audible.

Ils rampèrent le long du mur, parvinrent à la colonne... Si quelqu'un s'y était caché, il s'était envolé !

Ils localisèrent alors, un peu plus loin, une autre porte. Elle avait de remarquable que c'était la seule entrebâillée. Ils s'en approchèrent avec des stratégies d'Apaches.

Dessus, une plaque cuivrée annonçait : *Lingerie*. Le local où, à chaque étage, les femmes de chambre se pourvoyaient en draps, couettes, serviettes, etc.

Une chambre s'ouvrit alors au bout du couloir. Une jeune femme en sortit, accompagnée de deux très petites filles. Pendant qu'elle fermait à clef, une des gamines trottina vers Milo et Rose, qui firent aussitôt mine de se plonger dans un prospectus du Festival.

La petite se planta devant eux.

– Tu sais pourquoi je peux courir plus vite que toi ? demanda-t-elle à Milo avec une fière certitude.

– Hum, euh, non, bredouilla-t-il, sans cesser de

lorgner la lingerie entrebâillée. Pourquoi peux-tu courir plus vite que moi ?

L'enfant leva un pied, puis l'autre, avec un rire de clochette.

– J'ai des ailes à mes souliers, dit-elle. Tu les vois ?

– Euh. Hum. Oh, tu veux dire… ça ? fit-il en indiquant des trucs imaginaires sur les petites chaussures bleues.

Elle opina, sérieuse comme un sénateur.

– Je les vois parfaitement, assura-t-il, très sérieux lui aussi. Je portais les mêmes quand j'étais petit.

– Loulou ! s'écria leur mère en arrivant avec l'autre gamine. N'embête pas le jeune homme avec tes sottises. Allons, venez, vous deux.

Elles disparurent toutes les trois par l'ascenseur. Rose gonfla les joues.

– Jeune homme ? railla-t-elle tout bas.

Il lui donna une tape sur les cheveux, l'entraîna par le bras. Cinq enjambées, et ils furent devant la lingerie béante.

Ils échangèrent une mimique circonspecte.

Satin-Noir était-il à l'intérieur ? Attendait-il ? Épiait-il ? Allait-il leur tomber dessus, les assommer, ou…

Milo tira d'un coup la porte vers lui, sans entrer.

Le local était obscur. Le linge plié rayait la pénombre de tranches blanches régulières. Ça sentait le pressing, la lavande. Milo fit un demi-pas prudent. Rose articula deux mots muets : *Fais attention.* Il la rassura d'un battement de paupières.

Sur la ligne de seuil, il étendit le bras, tâtonna le mur de gauche. Où se trouvait l'interrupteur ? Rose s'arma de courage et l'imita. Elle tâtonna le mur à droite…

L'adversité surgit par là où ils ne l'attendaient pas.

Derrière eux, la porte fut violemment poussée ! Elle les percuta en plein dos, les projeta tous les deux dans le local, la tête la première. Le choc les envoya cogner les étagères en face. À moitié étourdis, ils entendirent le claquement d'une clef à l'extérieur.

Satin-Noir les avait enfermés !

DRÔLE DE FESTIVAL!
DRÔLE DE PALACE! DRÔLES D'ÉCRIVAINS!
Dans la foule du festival, Ambroise et Nadget ouvrent les oreilles. Un auteur se fait remarquer par son absence...
Au palace, Milo et Rose traquent les indices... qui est cet homme hirsute qui se balade dans les couloirs? Un écrivain? Vraiment?
La même silhouette en noir! Rose et Milo se lancent à sa poursuite... Mais Satin-Noir les a fait prisonniers!

L'AUTEUR, MATIÈRE FRAGILE

La dernière figure qui apparut à Nadget et Ambroise, dans l'allée n° 12, fut celle d'Adélie Péthon-Peton, incroyablement familière, paupières couleur pétunia, chapeautée de mauve.

Nos deux détectives avait sillonné le salon, à l'affût de paroles, d'indices, d'infos, de signes. En vain. Nadget n'eut même pas la consolation d'une dédicace de Nero Abernathy Wolfy : le Cultissime était toujours porté absent.

Bredouille, le duo commençait à fatiguer.

Au détour de l'allée n° 12, le large sourire d'Adélie Péthon-Peton les accueillit donc, amical et chaleureux, comme s'ils avaient partagé avec elle biberons et couches-culottes au berceau.

Ils lui répondirent de même, avant de se rendre compte que le sourire était peint sur la dame. Figé, inamovible, comme sur une face de poupée. Ce sourire devait sourire même lorsque Adélie Péthon-Peton assistait en Technicolor à la mort de Bambi.

Elle doit dormir, écrire et pleurer en rigolant, songea Nadget. Elle en eut confirmation quelques instants plus tard.

La romancière pénétra dans le stand où elle était invitée, distribua quelques bisous confraternels à la ronde et s'assit, non sans avoir calé sous ses illustres fesses le coussinet de dentelle qu'elle trimballait dans tous les Salons de la Terre. Elle tira de son panier un bocal qui contenait un liquide vert pelouse. Elle en but quatre gorgées qui parurent l'enchanter.

Une jolie file attendait déjà.

– Bonjour, bonjour, pardon pour mon retard ! pépia-t-elle au peloton qui piétinait depuis deux heures. C'est si bon de vous voir.

Elle était trop fardée, trop pétunia, trop pâle, sa poudre lui creusait des rides qu'elle n'avait pas, mais le ton était sincère.

À un fan peu rancunier qui lui susurra un mot de sollicitude, elle répondit :

– Mais oui, j'ai encore travaillé cette nuit. Je me réveille souvent avant l'aube, tenaillée par le divin désir d'une histoire. Je ne sais jamais ce que je vais écrire… mais j'écris !

Sa main aux ongles bleu canard signa les premières dédicaces. Au-dessus, son sourire souriait. Une groupie penchée réclama quelque chose à voix basse.

– Avec plaisir ! articula le sourire. Je vous montre ça tout de suite.

La romancière rouvrit son panier qu'elle avait dû chiner chez *Le Général Dourakine*.

– Je le garde toujours avec moi ! déclara-t-elle à la groupie, tout en fouillant. C'est ma muse, mon inspiration, mon fétiche. Je le caresse deux fois par jour.

Son expression, brusquement, se troubla. Sa main chercha plus avant, fébrile. Un de ses sourcils parut se décrocher, même si, dessous, l'invincible sourire ne cessait de brandir sa joie fossilisée.

La figure d'Adélie Péthon-Peton fut soudain traversée par une lueur égarée, quelque chose d'écorché.

– Gustave ? gémit-elle au fond du sac. Perdu… Ce n'est… pas possible. Gustave !

Elle se redressa, tremblotant depuis ses ongles canard jusqu'au chapeau mauve. La groupie et la libraire se mirent à farfouiller au petit bonheur, par pure sympathie.

– Qu'est-ce qui se passe ? voulut savoir Ambroise auprès d'admirateurs qui s'amassaient.

– Elle ne retrouve plus son exemplaire de *Bouvard et Pécuchet*. Une édition rare. Dédicacée par l'auteur. Par Gustave Flaubert !

– Il lui a dédicacé un bouquin ? s'étonna une fan à veste rouge. Je le croyais mort depuis longtemps. Il était pas mort, Flaubert ?

– Depuis 1880, dit machinalement la libraire. Madame Péthon-Peton, vous êtes sûre que vous aviez ce livre avec vous ?

– Il ne me quitte jamais ! souriait, tragique, Adélie. Plutôt moi qui ne le quitte jamais.

Elle hoqueta un sanglot sec. Nadget s'immisça un peu plus près.

– Quand l'avez-vous touché pour la dernière fois ? s'enquit-elle, pleine de douceur.

Ambroise admira sa coéquipière. Super pro, la question ! On l'aurait crue droit sortie de la bouche du lieutenant Di Matto, le flic qui se pinçait perpétuellement le menton dans *Chicago Precinct*, saisons 1, 2, et 3.

– Pas plus tard que ce matin ! se lamenta Adélie.

Au petit déjeuner. Je l'ai même montré à Jerry Austen, il adore Flaubert. Il était très ému de voir ces mots écrits de *sa* main.

Nadget jeta un regard à Ambroise. Jerry Austen ? Tiens, tiens.

– Et depuis ? enchaîna Ambroise, se tiraillant le menton, de façon à établir quelque similitude entre lui et le lieutenant Di Matto. Vous n'avez pas revu votre *Bouvard et Pécuchet ?*

Le sourire persévéra, même s'il commençait à ressembler à une cicatrice.

– Pas depuis la table du petit déjeuner, en effet, gémit Adélie. Est-ce que quelqu'un peut appeler Jerry Austen ? Peut-être aura-t-il remarqué quelque chose ?

On envoya chercher l'Américain, qui suspendit ses dédicaces et débarqua quatre minutes plus tard.

– Adélie *dear* ! s'écria-t-il en lui prenant les mains. Ce bon vieux Gustave t'a laissée en plan ? L'infâme misogyne...

Ambroise et Nadget se lancèrent un autre coup d'œil. Jerry Austen n'avait aucunement besoin d'interprète, il parlait magnifiquement le français. Avec un accent, bien sûr, mais sans la moindre difficulté. Quel comédien.

Quand la libraire eut résumé les déboires d'Adélie, il secoua la tête.

– Nous étions une dizaine dans la salle du *break-fast*, se rappela-t-il.

Oui, ils avaient tous admiré l'ouvrage et la dédicace de la main de son prestigieux auteur. Sa fille Wendy, qui étudiait *Un cœur simple* au Collège Français de New York, l'avait même pris en photo. Non, il n'avait rien noté d'insolite, à part que le thé en sachet était vraiment dégueulasse pour un palace.

Après quelques paroles de réconfort, il quitta le stand pour rejoindre le sien. La libraire proposa de conduire Adélie au commissariat afin de signaler le vol.

Alors qu'elle roulait son précieux coussinet en dentelle dans son panier *Général Dourakine*, la romancière laissa échapper un cri.

– Je me souviens ! Quand je suis remontée me laver les dents ! Je me lave les dents après chaque repas, y compris le goûter. À l'étage, j'ai rencontré ce pauvre Nero qui errait dans les couloirs en pantoufles. Le malheureux ne sait plus à quelle pendule se vouer avec ce fichu décalage horaire ! J'ai posé mon panier devant ma porte, et j'ai reconduit gentiment Nero à la sienne. En revenant à ma chambre, j'ai ramassé mon panier avant d'entrer, et… et…

– Et… ? fit Ambroise, se malaxant la mâchoire à deux mains.

– J'ai pu me laver les dents ! soupira Adélie.

Elle repêcha son bocal, absorba quatre vertes gorgées.

– Mon Élixir du Finlandais, dit-elle. Je le confectionne moi-même, avec des légumes frais. Comment résister à l'adversité, sinon ?

*
*   *

Ils avaient enfin déniché l'interrupteur.

Le sol de la lingerie était en marbre. Partout des étagères de draps, couvertures, serviettes, torchons, housses, des flacons, des savons, et une vaste table à repasser où trônait un énorme fer à vapeur.

– Regarde-moi ce machin ! gémit Milo en montrant la porte.

Elle était massive, toute capitonnée, très lourde. Pas surprenant qu'ils aient chuté comme des quilles quand Satin-Noir l'avait projetée sur eux. La tapisserie à l'ancienne, à gros molleton, faisait comme un épais matelas.

Ils décidèrent de crier à l'aide. Avec méthode, et à tour de rôle. Parfois en même temps, pour l'ampleur du son. Puis ils cessaient, pour mieux tendre l'oreille.

Aucun son ne filtrait du couloir. On ne pouvait ni les entendre ni leur répondre. La lingerie était un coffre.

Milo se percha sur la table à repasser afin d'examiner le dessus des étagères.

– Tu vois Montmartre ? s'informa Rose, lugubre, sur une pile de torchons.

– Je vérifie, au cas où il y aurait un double de la clef. Ou des ciseaux, ou une batte de base-ball, ou de la dynamite, ou un char d'assaut, n'importe quoi qui ouvre !

Il se suspendit par les bras au tuyau qui ceinturait le plafond. Il se hissa jusqu'à un boîtier électrique encastré dans le mur. Depuis qu'il était enfant, Milo aidait souvent sa famille et ses amis forains à monter et démonter les manèges. De ce travail difficile il avait acquis souplesse et agilité.

– Hé ! sifflota-t-il, radieux.

– Quoi ?

– Un tournevis !

– C'est tout ?

– C'est pas mal.

Il lâcha le tuyau au moment où Rose quittait la

pile de torchons. Elle voulut éviter les baskets qui piquaient dans sa direction. Milo voulut éviter le crâne qui se présentait dans la sienne… La table à repasser bascula, emportant le gros fer à vapeur, et tout se fracassa sur le marbre.

Rose avait esquivé d'un pas de côté. Milo atterrit en roulé-boulé sur un traversin qui creva avec un bruit de ballon.

– Je n'ai pas lâché le tournevis ! triompha-t-il en recrachant les plumes du traversin. On va dézinguer ce capitonnage.

Facile à dire. Les clous dans le molleton étaient des pointes sans tête, et un banal tournevis n'était pas leur meilleur ennemi. Les enfants s'escrimèrent un bon moment au milieu d'un brouillard de plumes.

Brusquement, la serrure et le capitonnage se dérobèrent sous leurs doigts… Ce fut tellement inattendu que la stupeur les laissa mains en l'air. Muets, ils regardèrent le battant pivoter lourdement sur ses gonds.

Quelqu'un ouvrait la porte !

L'AUTEUR, MATIÈRE FRAGILE (SUITE)

– Wendy !

– C'est vraiment toi ?!

Dans les bras de la jeune Américaine, Musty, dandie dinmont depuis treize générations, se fendit d'un jappement de surprise raffiné.

– Qu'est-ce que vous fichez là ? s'ébahit Wendy. Je vous croyais au Salon du livre.

Les plumes volantes la firent tousser.

– On t'y croyait aussi ! Entre nous, je préfère que tu sois ici ! s'écria Rose, incroyablement, joyeusement soulagée.

Milo coula un œil furtif dans le couloir. Évidemment, pas un chat.

– L'évasion s'annonçait plutôt ardue, souffla-t-il en s'épongeant une sueur imaginaire. Bon, on remet ce bazar en place ?

Ils ramassèrent le fer à repasser, redressèrent la pesante table. La chute en avait tordu les pieds métalliques, elle tenait de guingois, en équilibre précaire.

– Ce raffut lorsqu'elle est tombée ! sourit Wendy. Une chance que je passais là, hein. Qu'est-ce qui est arrivé ? Un coup de vent a claqué la porte et vous vous êtes retrouvés prisonniers ?

Rose posa un doigt sur les lèvres. Elle pointa le nez au-dehors, puis courut à pas de loup vérifier le croisement du second couloir.

Tout était désert, les chambres fermées. Elle fit demi-tour et rejoignit ses amis sur le seuil de la lingerie.

– Non. Pas un coup de vent, répondit-elle à voix basse.

– Cette porte a claqué… car on l'a poussée ! expliqua Milo.

Il ôta la clef à l'extérieur de la porte, la replaça dans la serrure côté intérieur. Ce qui devait être, assurément, sa place habituelle. Wendy haussa un sourcil.

– Quelqu'un vous a enfermés ? Qui ?

– Tu ne devineras jamais.

Wendy secoua ses boucles, Musty ses frisettes.

– Satin-Noir ! dit Rose.

Wendy en eut le bec cloué.

– Satin-N... ? répéta-t-elle enfin avec effarement. *Really ?* Comment ?

– De la même façon que l'autre matin, avec toi. Il filait dans les couloirs. Peut-être sur le point de commettre un autre larcin.

– Vous avez vu son visage ?

– Non. Ni s'il s'agissait d'un homme ou d'une femme, mais c'était le même justaucorps noir.

Wendy observa un temps de réflexion.

– Vous... fabriquiez quoi dans les couloirs ? Au lieu d'être au Salon avec votre classe ?

Du regard, Rose interrogea Milo. Il fit signe qu'il était d'accord.

– Écoute, Wendy, reprit-elle en chuchotant. Nous, euh... nous sommes... le Club de la Pluie.

– Le Club de... *what ?* Qu'est-ce que c'est que ça ?

– Le Club de la Pluie, énonça Rose avec emphase, traque le mystère, chasse le filou, dénoue l'insoluble, perce les secrets, éclaire l'obscur. Le Club de la Pluie...

– C'est nous ! coupa Milo. On est détectives.

– Nous avons déjà un palmarès remarquable. Pas vrai, Milo ?

Les prunelles de Wendy se mirent à luire comme deux bijoux bleus.

– Waow ! dit-elle. Mais c'est génial ! Le Club de la Pluie… Ça m'estomaque.

– Notre aventure la plus dangereuse, c'est quand on a démantelé cette bande qui opérait dans des grottes clandestines*.

– *My God… Terrific.* Hé, dites voir… Je peux être détective, moi aussi ? Enquêter avec vous ?

Ils la dévisagèrent.

– Sérieux ! Après tout, j'habite sur le lieu de tous ces crimes, je peux observer, écouter, fureter, noter. Hein, qu'est-ce que vous en dites ? Je vous rapporterai tous les trucs pas nets que je remarquerai.

Rose regarda Milo. Milo regarda Rose.

– OK, dit-il.

– Pourquoi pas, dit-elle.

– Je suis d'accord pour être simple membre d'honneur. Waow, répéta Wendy. Ça m'épate. Vraiment.

L'ascenseur s'ouvrit. Des pas approchèrent. Milo poussa vivement la porte de la lingerie. Tous trois entamèrent une conversation sans queue ni tête. Un homme en imperméable déboucha à l'angle.

* Voir *Le Club de la Pluie et les forbans de la nuit.*

On voyait tout de suite qu'il n'était pas un client de l'hôtel. Il marchait lentement, mains aux poches, scrutait les portes, examinait des recoins, stoppait pour réfléchir. Pas un employé non plus. Il n'en avait ni l'uniforme ni l'allure. C'était... c'était...

– Un flic ! le catalogua immédiatement Milo.

L'homme s'arrêta à leur hauteur.

– Vous résidez à l'hôtel ? questionna-t-il sans les saluer.

Milo fixa le col de l'imperméable pour éviter le regard inquisiteur.

– Ah mais hui ! répondit obligeamment Wendy. Je habitais dans cette palier. Ma *room* est pas lointaine à côté. Vous occupez ici vous-même ?

Rose se retint d'éclater de rire. Wendy venait de s'inventer un accent à débiter à la hache, et son charabia sortait droit de *Tarzan, l'enfant de la jungle*.

– Non, rétorqua l'homme, pas impressionné du tout. Je ne suis pas de l'hôtel. Il pointa l'index vers la lingerie. Y a quoi, là-dedans ?

Trois petites verrues étaient dispersées en triangle sur sa joue.

– De la toilette *glove*, répondit Wendy, toujours vertueusement polie. Le couvert dur, et aussi le kouatte.

– Le couvert dur ? répéta-t-il, perplexe. Le kouatte ?

– Ah mais hui ! Le kouatte que vous couvrons à dormir dessus, dit-elle en lui décochant son sourire le plus ingénu. Avec le couvert dur aussi !

Ils purent presque voir le cerveau du policier lancé en mode déchiffrage.

– Pour le *bed* ! précisa-t-elle afin de l'éclairer. Ah mais hui !

– OK, je vois, dit-il enfin. Des couvertures et des couettes. L'endroit est ouvert ?

– *Yes*, murmura Rose.

– Attention, les ploums ! l'avertit gentiment Wendy.

Ils s'écartèrent. Il pénétra dans le local. La grosse porte à capiton retomba pesamment derrière lui. Ils demeurèrent sans broncher.

Ce fut Musty qui, d'un jappement gracieux, les arracha à leur silence de Belle au bois dormant. Wendy démarra illico une causerie en anglais, à toute allure, ponctuée de rires de stentor comme si elle racontait des blagues fumantes. De temps à autre, Rose et Milo s'esclaffaient pour donner le change – sans aller toutefois jusqu'à risquer l'anglais.

La lingerie se rouvrit deux minutes plus tard.

L'homme ressortit, des plumes plein son imper. Il se massait le genou en grimaçant de douleur.

– Vous vu le kouatte, n'est-il pas ? Oh, vous avoir les ploums plein dessus ! fit Wendy avec une exquise candeur. La toilette *glove* ? C'est trouvé ? Et le couvert dur aussi ?

Par l'entrebâillement, ils virent que l'équilibre fragile de la table à repasser et du fer à vapeur n'avait pas résisté à l'intrusion du policier. Tout était disloqué sur le marbre. Le pied de la table avait rendu l'âme.

– *Oh, my God !* C'est total dégringolé sur la parterre ! *Any help ?* proposa Wendy, plus que jamais affable. Vous souffrir mal ? Nous soigner la votre genou ?

– Pas la peine, grogna-t-il, se massant toujours. Bon, allez, filez. N'encombrez pas le couloir. Nos agents procèdent actuellement à des investigations. Vous risquez de gêner l'enquête de la police.

– Le kouatte de la police ? Où le kouatte ?

– Pas la couette, bon sang. L'enquête ! L'enquête de la police.

– Ah mais hui ! Je compris. Le kouatte de la police. Pareil le kouatte du Sherlock Holmes de le Baskerville chien, n'est-il pas ? *Come on, friends ! Let's go.*

Ils saluèrent avec force civilités, et se dépêchèrent de prendre la fuite en direction des ascenseurs.

Ils fixèrent intensément le bouton d'appel lumineux pour empêcher leurs regards de se croiser. Une fois dans la cabine, ils attendirent sa fermeture pendant ce qui parut être une éternité.

Enfin, leur fou rire put se déchaîner. Il se poursuivit jusqu'au rez-de-chaussée, et ne cessa que dans le hall, stoppé par la foule, une barrière de micros et de caméras.

– Interview ! les bloqua un technicien. Enregistrement télé.

Un bonhomme blond, la mine floue et défavorisée, arriva en trottinant au milieu du tapis circulaire, flanqué d'un essaim de photographes surexcités. Il évoquait un caneton mouillé à lunettes. Rose y alla aussitôt du coude dans les côtes de ses camarades.

– Wah… Manuel Houvrelebec lui-même ! chuchota-t-elle. Idem qu'à *La Route des livres* sur France 13.

– Yoh ! fit Milo.

– Bah ! fit Wendy.

– Wef ! fit Musty.

– J'allais le dire ! souffla Rose. Mme Archer

sauterait de joie. Mais notre pauvre auteur n'a pas l'air à la fête…

– Qu'est-ce qu'il a, ce type, que nous n'avons pas ? grommela, à côté, un monsieur à son voisin.

– 18 % sur le billion de bouquins qu'il vend ? suggéra, fielleux, le voisin.

– Et une chevalière en or à la main droite. Tu l'as écouté au JT, hier soir ? ironisa l'autre. Quand il a dit : *Un livre, c'est composé de mots* ? Désopilant.

– Sois indulgent. Il achève son année de CP.

Ils ricanèrent. Deux confrères en mal de renommée ? Peut-être. Wendy elle-même ne les connaissait pas.

Une fesse calée sur une table, Manuel Houvrelebec tirait des bouffées, courtes et tourmentées, d'un mégot jaune, lunettes embrumées. Personne ne pensait à – ou n'osait – lui dire qu'il était interdit de fumer.

– L'écriture est une partition, expliqua-t-il aux caméras.

Son timbre plaintif rappela à Milo celui du clown Bouloche, à la fête foraine, lorsque son acolyte Tralala l'arrosait de crème fouettée.

– Quand j'écris… mes doigts sont…

– Son air de chien battu est une joie, marmonna un cameraman.

– … mes doigts font de la musique ! acheva l'écrivain en fixant, pathétique, ses mains.

– Il veut dire que ses articulations grincent ? ricana le technicien.

Il gonfla les joues pour museler un rire. L'écrivain releva subitement la tête, puis ses paumes. Son teint incertain vira au gris des petits pois trop bouillis. Contre le verre des lunettes, ses paupières s'étaient mises à gigoter telles des mouches prisonnières.

– Ma… ma… balbutia-t-il. Maaa…

– Ma ? Ma ? Ma ? pouffa le cameraman sur l'air de la 5e de Beethoven.

– Ma chevalièèèère ! exhala l'homme de lettres dans un cri tragique. Ma… bague ! Disparue !

Et il tomba dans les pommes. Plus exactement dans les bras d'une demoiselle dont le tee-shirt pervenche clamait : *Lis donc, Poulette.*

– Nom d'un pétard ! s'écria Milo.

– Un docteur ! clama Rose à la cantonade.

– J'appelle le Samu ? dit Wendy en cherchant son portable.

– J'ai suivi un stage de secourisme ! déclara Lisdonc-Poulette.

D'un geste expert, elle roula l'écrivain par terre où, sur le beau tapis en soie, il prit l'aspect d'un édredon usagé. Elle s'agenouilla, lui flanqua de grandes claques par paires.

– Il a parlé d'une bague, non ? s'enquit un badaud.

– Sa chevalière. C'est connu, c'est son grigri, expliqua un autre en joignant ses gifles à celles de Lis-donc-Poulette avec un plaisir non dissimulé (c'était le confrère qui avait mentionné les 18 %).

Sous les micros, les caméras, les tapes et les soufflets, l'écrivain finit par rouvrir une prunelle fluctuante.

– Doucement, gargouilla-t-il. Hé, ho ! On se calme…

L'avalanche de claques avait curieusement modifié la ligne de son crâne immortel. Ça formait une bosse. On eût dit que le cerveau, dessous, méditait une évasion, tel le bagnard qui soulève, la nuit, le couvercle de la bouche d'égout complice.

– Doucement ! brama-t-il. Je porte des lunettes !

Et une perruque ? songea Rose, éberluée (et vaguement déçue).

– Où suis-je ?

Il éleva la main afin de se masser le crâne, se souvint à temps que c'était là un geste fatal quand on a un brushing postiche.

– Vous vous êtes senti mal, dit gentiment Milo.

Houvrelebec tenta de se repositionner à la verticale.

– Voulez-vous avoir l'amabilité d'extirper votre coude, je vous prie ? implora-t-il à l'intention de Lis-donc-Poulette. Il est planté dans mes côtes, c'est extrêmement douloureux.

– Un verre d'eau ? Un whisky ? Un kir breton ? proposa l'apprentie secouriste avec sollicitude.

– Juste un peu d'air. Et la police, s'il vous plaît. Ma bague... On me l'a volée ! J'ai serré un million de mains toute la matinée... Votre coude est toujours planté dans mes côtes, mademoiselle.

– Oups ! Pardon. Maman me répète pourtant souvent que c'est malpoli de les poser sur la table.

Tandis que l'Illustre, rajustant ses mèches voyageuses, se redressait face aux objectifs, apparut une dame avec le badge *Organisation du Festival.*

– Peut-être l'aurez-vous égarée, M. Houvrelebec ? hasarda-t-elle d'un ton respectueux. Une bague, euh, ça glisse...

L'écrivain la foudroya, comme si elle parlait d'un caleçon de plage.

– Certes, répliqua-t-il sèchement. Elle était néanmoins à mon doigt tout à l'heure ! Un vide-gousset aura profité de la foule et de la confusion...

La main qu'il portait à sa poche marqua un stop. Elle tâtonna ladite poche, puis en ressortit, lentement, un rectangle de papier qu'il déplia. Tout le monde put lire :

Satin-Noir !

– Nom d'un pétard ! s'exclama Rose.

– *Oh, my God !* glapit Wendy.

– Voilà la police ! prévint Lis-donc-Poulette.

S'ensuivit une bousculade qui écarta les badauds et produisit quelques uniformes... Ainsi qu'un gigantesque chapeau mauve et un sourire hurlant :

– J'ai reçu la même ! Car on m'a détroussée, moi aussi ! Mon Gustave ! Mon Bouvard ! Mon Pécuchet ! Ma dédicace ! Volatilisés au petit déjeuner !

Adélie Péthon-Peton se jucha sur une console en loupe d'orme, se plaça face caméra en agitant la carte qu'elle venait de trouver au fond de son panier *Général Dourakine*, à l'inscription jumelle de celle d'Houvrelebec :

Satin-Noir !

– Quelqu'un en veut aux écrivains ! mugit-elle, arrachant son chapeau pour le secouer en oriflamme au vent de son courroux. Peut-être un éditeur ! Peut-être un sénateur ! Peut-être un mammouth de la vente de livres en ligne...

– Pitié ! Madame ! Vous êtes une exaltée ! Je suis le directeur de cet établissement et je vous conjure de garder votre sang-froid !

– … Peut-être un directeur d'hôtel ! La chose est claire : on veut la peau de la littérature !

– Il est grand temps d'aller retrouver la classe, murmura Milo.

– C'est encore plus hilarant que le *Saturday Mad Mad Show* ! gloussa Wendy que tout ce chahut divertissait.

À l'entrée, l'homme à l'imperméable et aux verrues fit alors une réapparition.

Les trois enfants et la dandie dinmont s'empressèrent de rentrer le cou dans les épaules pour filer à travers le tumulte, direction la sortie.

Satin-Noir a encore frappé !
On a volé le livre fétiche d'Adélie Péthon-Peton presque sous ses yeux !
... disparaît tout aussi mystérieusement ! Qui en veut aux écrivains ?
La bague de Manuel Houvrelebec ...
Et la police qui s'en mêle !
L'enquête n'est VRAIMENT pas facile.
HEUREUSEMENT, Wendy donne un coup de main...

L'HOMME À LA CORNEMUSE

– Chouette, des huîtres ! jubila Eudoxie.

– On ne touche pas aux huîtres ! frémit Mme Archer, révulsée. C'est vivant. Ça fait de la varappe dans les estomacs.

Le Château accueillait la garden-party dans son immense cour pavée, entre les tours majestueuses qui avaient abrité les amours et les maux de la duchesse de Bretagne.

– D'ailleurs, continua la prof, un tantinet paniquée, on ne touche à rien du tout avant les discours et la remise des prix.

Les invités étaient nombreux, plus ou moins célèbres, très bavards, et fort gais. Un orchestre à sept cornemuses jouait *Tri martolod* sur l'escalier de granit.

– Milo ! Rose ! Enfin, vous voilà ! trépigna à mi-voix Ambroise, lorsqu'il vit ses amis accourir et se faufiler subrepticement dans le rang.

Mme Lou Archer ne remarqua rien. De moroses pensées la tourmentaient. Elle n'avait pas recueilli ses dédicaces tant espérées. Les rumeurs disaient que Manuel Houvrelebec s'était fendu le crâne en tombant évanoui. Elle souhaitait de tout son cœur qu'il s'agissait là de faux bruits. La pauvre ignorait qu'il aurait suffi d'interroger deux de ses ouailles pour connaître les faits exacts.

– On a plein de trucs à raconter ! chuchota Ambroise.

– Et nous donc ! rétorqua Milo, les yeux brillants.

– Des trucs à sauter en l'air ! dit Nadget.

– Des trucs à tomber par terre ! dit Rose.

Un maître d'hôtel proposait à la ronde un plateau de petits-fours gris. Il fit une halte devant un de ces auteurs de polars qui hantent infatigablement les écrans de télévision.

– Ils sont à la crème de champignons, annonça-t-il, avenant.

– Toxiques, je présume ? fut la réponse.

À l'arrière du rang, une moitié du Club de la Pluie relatait les événements de la matinée à l'autre moitié, et vice versa.

– Une chance que Wendy se soit trouvée là ! conclut Ambroise d'un ton où perça un soupçon de soupir. Pour vous délivrer, se hâta-t-il de préciser.

Milo lui expédia une bourrade.

– T'inquiète, elle ne va pas tarder. Elle est juste remontée dans sa chambre se pomponner pour la garden-party.

– Oui ? réagit Nadget. Nous aussi on aurait aimé pouvoir se pomponner avant la remise des prix. Par chance, mon serre-tête doré et mon vaporisateur au muguet ne me quittent jamais. Au moins, je…

Elle s'interrompit, face à l'air goguenard de ses compagnons.

– Quoi ? Que me reproche-t-on encore ?

– Oh, trois fois rien, chantonna Rose. De t'être levée ce matin.

Et elle glissa affectueusement un bras sous le sien.

– Tous ces écrivains ! Ces journalistes ! Il n'y a plus qu'à ouvrir nos yeux et nos oreilles, dit Ambroise.

– Peut-être vais-je enfin débusquer l'insaisissable Nero ? soupira Nadget.

– OK pour les yeux, grogna Rose. Mais côté oreilles, aïe aïe aïe…

L'une des cornemuses semblait avoir en effet un souci de tuyau bouché ; elle bégayait beaucoup.

Mme Archer fut soulagée d'apercevoir Mlle Renard, souriante, accompagnée d'un petit chien, très souriant lui aussi.

Le chien reconnut son maître et piqua aussitôt un galop.

– Clipper ! s'écria Ambroise en le recevant dans ses bras.

– Ce démon voulait absolument venir, expliqua la directrice. Il s'agitait, aboyait tant que tes pauvres parents ne savaient plus quoi faire, Ambroise. Il devait pressentir qu'il te retrouverait là.

Un radieux chapeau, orné d'anémones et de colibris, se détacha derrière elle. Il était porté avec panache par une dame, toute vêtue de mousseline printanière, qui tenait un grand panier assorti au bibi.

– Tante Astarté ! s'exclamèrent Milo, Nadget, Ambroise et Rose.

Leur stupéfaction la fit rire aux éclats. Ils s'empressèrent de l'embrasser.

– Oh, tante Astarté, s'écria Rose, ravie. Quelle merveilleuse surprise !

– Mais… mais c'est Rouletabille ?! s'exclama Milo.

Le ouistiti se faisait discret au fond du panier fleuri. Fou de joie, Milo le percha sur son épaule.

Il enviait énormément à l'ami Ambroise le privilège de voir son animal tous les jours. Chose impossible pour Milo. Son singe, bien que miniature et très intelligent, était interdit de pensionnat. C'était le seul défaut des Pierres-Noires.

Rouletabille fut immédiatement le centre d'attraction des élèves. Tous voulaient le caresser. Quand il prit la pose, sur le dos de Clipper, tel un fakir, on s'extasia à grand bruit.

– Je suis heureuse de vous voir aussi, *bambini miei*. Mlle Renard m'a gentiment invitée. Quelle belle fête ! dit tante Astarté en soupirant d'aise. Dommage que cette malheureuse cornemuse... Vous entendez ça ? *Mein Gott*, dix fausses notes par minute !

Tante Astarté et la directrice, devenues les meilleures amies de la Terre depuis la fameuse énigme de Cléopâtre résolue par le Club*, prenaient régulièrement le thé ensemble. Milo suspectait sa tante de lire les lignes de la main à leur directrice, même si tante Astarté refusait de divulguer un tel secret d'ordre strictement professionnel !

* Voir *Le Club de la Pluie brave les tempêtes.*

Un invité passa près de leur groupe, agitant son verre sous leur nez. Rose et Mme Archer reconnurent Eymerick Betbegbouché, le très mondain critique de la très frivole revue *Les Indélébiles.*

– Avec ce soda bourré de sucre, mon sang est en train de devenir caramel ! déplora-t-il. Où est le défibrillateur le plus proche ?

Mme Archer prit son courage à deux mains – et un petit air détaché – pour poser la question qui la tarabustait :

– À propos, euh, Manuel Houvrelebec a, euh, quelques problèmes, paraît-il ?

Le critique rejeta en arrière sa chevelure taillée à la Musset.

– Oh, il viendra ! assura-t-il, narquois. Il a perdu une bague… mais il va gagner un prix. Pour rien au monde il ne raterait cela !

Mme Archer recouvra instantanément sourire et joues roses. Elle battit des paupières charmées, serra son cabas plein de livres et d'espoir revigoré.

– Seigneur, cet instrument… Ne dirait-on pas une tribu de coyotes saisis de dysentrie ? jeta l'Indélébile avant de s'éloigner. Votre singe doit jouer mieux.

La cornemuse tentait de suivre ses consœurs qui

entamaient *Dans les prisons de Nantes*, mais ne réussit qu'à émettre d'insolites gargouillis. Tante Astarté se boucha les oreilles.

– On va bientôt désigner la classe qui a remporté le prix du meilleur dessin, annonça Mlle Renard. Ensuite, ce sera le gagnant du prix Corsaire. Les prix sont remis par l'adjointe au maire. Zut, j'oublie toujours son nom…

– Maïa Mitchum ? gloussa Nadget, que Rouletabille avait choisie pour perchoir (il adorait tournicoter ses boucles en tire-bouchons).

– À vos souhaits, marmonna quelqu'un.

La cornemuse cessa de martyriser les conduits auditifs lorsque Maïa Mitchum, nantie de deux enveloppes, apparut sur la scène. Un silence relatif s'ensuivit.

– Qu'est-ce qu'on gagne, si on gagne ? voulut savoir Marie-Castille.

– L'honneur de voir ton dessin sur une page du *Tonnerre de Brest*.

– Je préfère une assiette d'huîtres ! proclama Eudoxie.

Maïa Mitchum, arborant un autre de ses corsages à nœud dont elle semblait posséder une affolante collection, débita un discours long et ennuyeux, tout en s'excusant que les discours fussent souvent longs et ennuyeux.

– Mais voici le moment de récompenser la meilleure illustration, conclut-elle au soulagement de tous. (Elle déchira la première enveloppe.) La classe gagnante est la 6e D du collège...

Les élèves retinrent leur souffle. Marie-Castille broya les orteils d'Angèle.

– ... Max-Ophüls de Douarpennac'h !

– Tonnerre de Brest ! grogna Eudoxie. Adieu, mes huîtres !

La classe primée déferla par tous les côtés, telle une bande de joyeux cabris, balayant l'adjointe qui dut se cramponner à son nœud de corsage pour se maintenir en vie jusqu'au reflux, dix minutes plus tard, de la horde au bas de l'estrade.

– Eh bien, euh... haleta Maïa Mitchum, aussi pantelante que si elle venait de gravir à cloche-pied les 139 marches du phare de Potron-Soufflant. Passons maintenant au clou de ce festival ! La consécration d'un grand auteur par notre prestigieux prix Corsaire...

On vit soudain certains écrivains s'immerger dans leur Badoit-rondelle. Ou s'intéresser inopinément au vol de mouettes au-dessus des tours, ou au brin d'asperge posé sur leur petit-four. Ou à la forme de leurs ongles. D'autres parurent captivés par la conversation de leur voisin qu'ils n'écoutaient pas. D'autres enfin, s'absorbèrent dans quelque noble méditation, bien loin des vulgarités d'un misérable prix littéraire.

– Mais, poursuivit Maïa Mitchum, je veux d'abord remercier…

Elle égrena bravement une lente liste de banques, hypermarchés, charcuteries, magasins de chaussures, etc, qui avaient réglé l'addition des cornemuses, huîtres, ou toasts au foie.

Deux personnes franchirent presque en même temps l'entrée du Château. L'une d'elles était Manuel Houvrelebec. Des élèves se poussèrent du coude en épiant Mme Archer. La prof avait viré pâlotte.

L'autre personne était Wendy Austen, dans un ensemble coquelicot, flanquée de son altière dandie dinmont. Ambroise, Milo, Nadget et Rose lui signalèrent leur présence à grands gestes.

Clipper se mit à japper avec une allégresse que Rouletabille comprit au quart de tour. Mais leur tentative d'escampette fut sur-le-champ réprimée par les maîtres. Sous ses anémones et ses colibris, Tante Astarté fit les gros yeux.

– J'ai l'honneur et le privilège, poursuivait

l'adjointe au micro, de remettre le prix Corsaire de l'année à…

Seconde enveloppe déchirée. L'assistance frémit en silence.

– … à Boritza Pahor !

– Magnifique ! Bravo ! hurlèrent Rose et Milo, en applaudissant avec fougue.

Le public les imita. La romancière slovène sortit timidement de la foule pour se hisser sur scène. Sous la tresse blonde roulée, ses pommettes rivalisaient de rose avec celles de Mme Archer… Mme Archer que la cohue – ou le hasard magnanime – venait de placer sur la route de Manuel Houvrelebec !

À la proclamation du nom de la lauréate, l'écrivain marqua un arrêt, le temps de rajuster ses lunettes et de paresseusement rallumer son mégot.

Il se tenait tout près, vraiment tout près. Tante Astarté et Mlle Renard venaient d'être kidnappées au buffet par l'auteur de polars ; toutes deux écoutaient, bouche bée, la trame tortueuse de son prochain roman. Lou Archer se sentit tout à coup très seule et pleine de trac.

Elle respira un grand coup, puis se jeta à l'eau.

– Je regrette, balbutia-t-elle, vous… vous le méritiez aussi.

– Pardon ? dit Houvrelebec en lui expulsant une bouffée bleue à la figure.

– Ce… Le prix.

– Oh… ça ! rétorqua-t-il, nonchalant. J'ignorais totalement qu'il y avait un prix. On s'en fiche bien, non ?

Et son talon écrabouilla avec vigueur le mégot. Sur la scène, Boritza Pahor remerciait avec simplicité.

– Qui est cette Maritza Dehors ? susurra, près des enfants, une jolie dame au nez pincé.

– Boritza Pahor est un très grand auteur ! riposta avec chaleur Rose, qui s'était avancée en compagnie de Milo.

– Elle vient de Slovénie, dit-il avec fierté.

– Elle écrit des livres merveilleux !

La jolie dame ébaucha un sourire aussi pincé que son nez.

– Vraiment ? En bon français, j'espère.

– C'était Clara Charpillon, chuchota Rose en la regardant s'éloigner. Même ses fesses sont pincées. Elle sort un roman à chaque rentrée, mais elle est surtout connue pour être une ex-fiancée du Premier ministre.

– Ah ouais, se souvint vaguement Milo. C'est

fou comme le prix de Boritza a l'air de lui faire plaisir !

Clara Charpillon souriait, en effet, comme si elle venait d'assassiner quelqu'un.

Quittant le micro, Boritza aperçut les deux enfants en contrebas de la scène. Elle leur adressa un signe complice, et amusé, avant de s'éclipser, traînant à sa suite un nuage de journalistes qui ne l'avaient jamais lue.

Le concert de cornemuses redémarra avec *Mary sur le Loch Ness*. Malgré le regain de cafouillages et de fausses notes, c'était une gigue écossaise, gaie et pétillante.

– Au diable ces sottises ! maugréa soudain Manuel Houvrelebec.

Il essuya ses lunettes, ouvrit les bras en grand, attrapa par la taille une Mme Archer absolument ébahie, et se mit à danser avec elle sous les crépitations des appareils photo.

Wendy avait rejoint ses camarades. Dans sa tenue coquelicot, elle paraissait sur le point de rendre visite à sa mère-grand. Ne manquaient que la galette et le petit pot de beurre. Elle avait même noué à son inséparable cartable un ruban de satin rouge, assorti à la laisse de Musty.

– Tire la bobinette et la chevillette cherra ! persifla Nadget, morte d'envie devant le gracieux caraco et la sautillante jupe.

– Vous avez vu ? chuchota Wendy, trop excitée pour relever. Notre flic aux trois verrues... Il est ici ! Ooooh ! fit-elle, apercevant Rouletabille. Quel amouuuur...

– Où ça ? Où ça ? fit Milo.

– Là-bas, englouti dans la foule... Oh, il est trop mignon ! Comment il s'appelle ? Je peux le caresser ?

Plus rien d'autre ne l'intéressa. Rouletabille, lui, tomba illico en pâmoison devant les bouclettes de Musty, au grand dam de Clipper. La petite dandie dinmont, elle, se fichait royalement de la planète entière : elle guignait les toasts au flétan.

– La police doit être sur une piste ! soupçonna Rose avec animation. Si on allait aux infos ?

Leur professeur partie danser avec la littérature, les élèves s'éparpillèrent parmi les célébrités et les petits-fours. Eudoxie s'en alla placidement gober une dizaine d'huîtres. Les sonneurs de cornemuse déambulaient, au pas des *highlanders*, entre les convives.

– On rencontrera peut-être enfin le Cultissime ? espéra Nadget sans conviction.

Elle avait pensé éteindre son téléphone pour

n'être plus harcelée par les messages de son frère, mais au son de la cornemuse, le problème ne se posait plus.

– Le voilà ! s'écria Ambroise.

– Qui ? Nero ?

– Le flic. Tâchons de repérer ce qu'il surveille.

– Ou qui.

Malheureusement, la prunelle acérée du policier les identifia sur-le-champ. Il faut dire que la présence du petit singe ne favorisait guère l'incognito.

Au rythme des cornemuses, le Club de la Pluie et Wendy battirent en retraite vers le buffet, si désappointés qu'ils ne songèrent même pas à se nourrir.

– Un sirop à la confiture de lait ? leur suggéra le serveur. C'est bon pour les oreilles.

– Un sirop à la conf... ? grimaça Nadget. Mince ! On va se dissoudre dans le premier bain chaud !

Elle n'osa pas refuser le gobelet qu'il lui tendait. Elle goûta, remercia avec un grand sourire... se jura de s'en débarrasser au plus tôt.

Wendy berçait Rouletabille sur un bras. Celui-ci, fasciné, tire-bouchonnait les frisottis de Musty blottie sur l'autre bras... Musty qui se demandait comment happer ces prometteuses bouchées orange qui s'amoncelaient sur la nappe, à un pouce de ses narines.

Clipper boudait.

– Trop bizarre, dit tout à coup Milo. J'ai une curieuse sensation.

– Quoi ? fit Wendy.

– Comme si la solution était là, à portée de main. Comme si on savait quelque chose de Satin-Noir… sans le savoir vraiment.

– C'est drôle, chuchota Rose. Depuis la lingerie, j'ai la même impression. Aurait-on laissé échapper quelque chose ?

– N'oubliez pas, fit Wendy, que nous connaissons un tas de choses que la police ignore.

– Expliquez-vous, insista Nadget, intriguée.

– Eh bien, il me semble qu'on a appris quelque chose d'important mais… qu'on le laisse filer.

– Fumeux, dit Nadget.

– Obscur, dit Ambroise.

– Nébuleux, dit Wendy.

– Satin-Noir a forcément semé des indices, soupira Rose. Si seulement on pouvait continuer l'enquête là-bas, au palace !

– Si seulement cette cornemuse fichait le camp ! gémit Ambroise. On pourrait réfléchir au calme.

– Si seulement elle sonnait juste ! gloussa Wendy.

L'instrument lâcha une espèce de toux. Le tuyau souffreteux émit un chapelet de rots et de miaulements.

– Un chat qui se prend pour une poule.

– Ou une poule qui se prend pour un chat.

Le musicien soufflait, soufflait tant et plus, mais la poche de sa cornemuse ne gonflait pas. Écarlate, au bord de l'explosion, l'homme s'échinait... Alors, un objet se catapulta comme une bille hors d'une pipe de l'instrument.

L'objet, rond, brillant, craché dans l'espace, y resta suspendu une demi-seconde, puis il retomba – *floc !* – dans le sirop à la confiture de lait de Nadget.

L'orchestre stoppa net. Durant quelques instants, on entendit juste un goéland défroisser ses ailes en haut du rempart.

Nadget plongea deux doigts dans son gobelet, repêcha l'objet qui lança un éclair au soleil éblouissant de la garden-party.

– La bague de... de...

– ... Manuel Houvrelebec !

La nouvelle parcourut aussitôt l'assistance à la vitesse d'un influx électrique. Moins de dix secondes après, on entendit le léger cri d'effroi de Mme Archer.

Manuel Houvrelebec venait de s'évanouir dans ses bras !

GUSTAVE FLAUBERT, LE DÉFI !

Deux heures plus tard…

– Mes pauvres loupiots ! les consola tante Astarté. Si on s'offrait un bon goûter pour se remettre de ces émotions ? Je vous invite. Vu les circonstances, j'ai obtenu l'autorisation sans conditions de Mlle Renard.

– Pourquoi pas, répondit Milo d'un ton morne.

Le Club de la Pluie venait de passer une dernière heure éprouvante à affronter les questions des journalistes et, surtout, celles du policier. Milo en frissonnait encore. Le lieutenant Imperméable-et-Trois-Verrues les avait asticotés comme s'ils étaient coupables.

Il avait fallu raconter, rabâcher moult fois comment seul un hasard inouï avait projeté le bijou dans le verre de Nadget.

– Que je n'avais même pas envie de boire ! pleurnicha-t-elle.

Par bonheur, les témoins se comptaient par dizaines.

– Trois-verrues nous a enfin fichu la paix quand ce jeune homme est arrivé et a exhibé la photo, ajouta Nadget.

– Quelle photo ? Quel jeune homme ? voulut savoir tante Astarté.

– Celui qui a immortalisé la bague en plein vol plané. Pile au moment où la cornemuse l'éjectait en direction du gobelet, relata Wendy, positivement réjouie.

– Vous l'avez remercié, j'espère ? dit la tante, très à cheval sur les règles du bien-se-tenir.

– C'est lui qui a remercié Nadget ! gloussa Milo.

– Il a vendu sa photo à cinq journaux ! expliqua Ambroise. Grâce à cet argent tombé du ciel – pardon, d'une cornemuse – il va pouvoir s'offrir la version collector de *Bang Bang Shoot*, son jeu vidéo favori.

– Ce monde est bien décourageant ! conclut la tante. Venez, on va se détendre au Grand Pavois. Ce monsieur, qui est auteur de romans policiers, assure que le salon de thé propose un framboisier tout à fait... palpitant.

– Mortel ! opina l'auteur de romans policiers, ensorcelé par les oscillations des anémones et des colibris sur le chapeau de tante Astarté.

– Au Grand Pavois ? tressaillit Rose.

– *Great !* s'écria Wendy, que ces péripéties amusaient de plus en plus.

Les enfants s'échangèrent des regards en biais. Le Grand Pavois ! L'occasion ou jamais de revenir sur le terrain de chasse de Satin-Noir.

– Vogue ! cria Ambroise. L'aventure, ça creuse.

– Et le framboisier est un grand ami de, euh, Framboise, susurra Nadget.

Le salon de thé du palace avait des allures cosy de boîte à dragées. Quatre dames à cheveux bleus y dégustaient un cacao à l'ombre de grandes plantes pointues.

Dans un coin, chapeau mauve ratatiné sur la table, Adélie Péthon-Peton souriait à un verre d'eau morose.

Ils s'installèrent sur des banquettes en velours roux. Sous les pieds, la carpette rose avait une épaisseur de tournedos. Musty et Clipper furent priés de s'y étendre et de se taire. Rouletabille s'incrusta dans un fauteuil.

– Quel coup de théâtre ! Quel choc ! soupira

tante Astarté en cajolant les colibris de son bibi. *Poor little ones*. Ça nous a gâché la garden-party, cette bague revenante, hein ?

– Qui a pu la planquer dans cette cornemuse ? ruminait Ambroise.

– Et pour quel motif ? ressassait Rose. Quel but ?

– Le voleur a eu envie de la redonner à son propriétaire, présuma Wendy.

– Tant de risques pour la voler… puis la rendre ? C'est cinglé, conclut Milo.

Tante Astarté commanda jus de fruits et framboisiers. Milo reconnut leur flegmatique serveur de l'autre matin, lorsqu'ils avaient croisé le dingo aux pantoufles écossaises qui réclamait sa choucroute.

– Oui, cinglé, intervint Adélie Péthon-Peton depuis son recoin. Qui se soucie d'une bague, même en or ? Alors qu'un *Bouvard et Pécuchet* signé par l'auteur, est un trésor i-nes-ti-ma-ble !

– *Bouvard et Pécuchet* ? Dédicacé par Flaubert ? conjectura tante Astarté, perplexe. Vous êtes sûre ?

– De sa main même ! larmoya Adélie.

– Il me semble pourtant que ce roman inachevé a été publié après la mort de l'auteur. Comment Flaubert aurait-il pu signer un livre fabriqué après qu'il…

– Peu importe, éluda Adélie dont les joues avaient rougi délicatement. Il est signé. Si je l'avais encore en ma possession, je vous montrerais… Oh, j'ai absolument besoin d'un jus d'artichaut et de fruits rafraîchis. Garçon ?

Le serveur se matérialisa en un tournemain.

– Pourriez-vous me centrifuger des artichauts, je vous prie ?

– Nous avons, madame, broyé les trois derniers pour vous ce matin. La nouvelle commande est partie mais… la livraison pas encore arrivée.

Adélie fit *pfff* avant de retourner se perdre dans l'eau lugubre de son verre.

Le serveur s'en revint bientôt avec les pâtisseries. Distribuant les assiettes, il reconnut Rose et Milo. Sa figure s'éclaira.

– Dans le couloir, mais oui ! Quand ce jetlagueur réclamait son souper à 11 heures du matin…

– Vous avez appris son nom ?

– Dieu m'en garde. Comment le prendre au sérieux lorsque je lirai ses livres, maintenant ?

Une porte claqua au fond du salon de thé. Un bonhomme hirsute chemina jusqu'au centre de la carpette rose. Rose envoya un coup de mollet à Milo. La même robe de chambre ! Les mêmes pantoufles ! La joue du serveur gonfla puis dégonfla avec une discrète lassitude.

– Peut-on me monter un *breakfast, please* ? demanda l'hirsute.

– Nous sommes à l'heure du goûter, monsieur, dit le serveur, impavide. Mais les composants étant les mêmes… Thé ou café ?

– Les deux. Un *breakfast* complet. Le goûter, dites-vous ? Mais quelle heure est-il, nom d'un pot de fleur ?

Il fit demi-tour sans attendre la réponse, et repartit par où il était entré.

– Le malheureux a l'air diablement déboussolé, s'apitoya tante Astarté.

Le serveur se toqua finement la tempe.

– Décalage horaire… et du cerveau, sauf votre respect. On n'imaginerait pas que ça écrit des ouvrages traduits en trente-neuf langues y compris le swahili.

– Je connais tous les écrivains de ce festival, dit Wendy en aspirant son orangeade. Celui-ci s'appelle Nero Abernathy Wolfy. Ma main à couper que c'est un pseudo.

Nadget fit un bond de carpe sur la banquette.

– Ce type coiffé comme une brosse à vaisselle, c'est… Enfer et clarinette ! rugit-elle. Le Cultissime !

Elle rafla son sac où traînait depuis deux jours l'exemplaire de son frère, s'excusa, puis, suivie par des regards médusés, se rua vers l'issue que venait d'emprunter le jetlagueur mal peigné.

Elle déboula telle une démente dans le couloir. Personne. Vers quel étage était-il monté ? Penser qu'elle avait eu le Cultissime en chair et en os sous le nez ! À le toucher !

Mais, aussi, depuis le début, elle l'avait cru anglais ou américain. Or le bonhomme était français, même s'il s'exprimait d'une drôle de manière. Quel pataquès ! Si son frère apprenait qu'elle l'avait laissé filer…

Sur le point d'appeler l'ascenseur, elle vit disparaître un pan de robe de chambre par une porte battante. Nero n'avait pas quitté l'étage ! Elle courut pousser la porte.

Elle se trouva dans les cuisines de l'hôtel, désertes à cette heure.

Non, pas si désertes. De l'autre côté d'une pile de cageots à légumes, elle distingua les pantoufles écossaises en partie cachées par un frigo ouvert.

Elle avança, à découvert et avec détermination.

ARTICHAUTS, CHOUX FRISÉS ET GORGONZOLA

Debout devant le frigo, Nero Abernathy Wolfy était en train de s'empriffrer de hachis parmentier, directement dans le plat. Il mâchonnait une belle portion de la couche gratinée lorsqu'il sentit qu'on l'observait. En hâte, il reposa le plat, manquant le laisser choir. Il se frotta les doigts à un chiffon.

– Je meurs de faim, grogna-t-il, l'air aussi digne que possible (mais ça ne l'était guère). Avec ce satané décalage horaire, j'ai envie de déjeuner le soir, de dîner le matin, de goûter la nuit... Dieu merci, je reprends l'avion demain.

– Vous êtes Nero Abernathy Wolfy, n'est-ce pas ?

– Non.

Il sourit. Sa tête en broussaille prit un tour plus sympathique.

– Je suis Nero Abernathy AFFAMÉ ! Il y a du riz au lait, vous en voulez ? Ou une compote de pêches ?

– Euh, merci, non. Je préfère une dédicace, reprit-elle, plus à l'aise. Mon frère est malade grave de vos bouquins.

– Oh, désolé. Il est à l'hôpital ?

– Je veux dire, il adore vous lire.

– Pas mon stylo sur moi, dit Nero, rinçant sa cuiller dans l'intention de passer à l'étape dessert.

Nadget explora son sac, dénicha le livre… mais rien pour écrire. Elle se traita in petto de plusieurs noms d'oiseaux. Allait-elle rater cette chance à cause d'un stylo ? C'était bête et humiliant. Elle vérifia alentour.

Elle avisa, sur la pile des cageots, un carnet de commandes posé sur le papier qui couvrait les légumes. À côté du carnet, le livreur avait laissé – miracle – un trognon de crayon !

Le Cultissime raclait son ramequin de riz au lait. Il avalait à toute allure, l'animal. Nadget s'empara du carnet… trop vite. Le trognon de crayon roula sous le papier de protection et sombra dans les profondeurs du cageot supérieur. Réprimant un juron, s'exhortant au calme, Nadget se mit à farfouiller sous les choux frisés.

– Vous parlez français, dit-elle, histoire de gagner du temps. Je vous croyais américain.

Il s'esclaffa, le nez dans la compote qu'il attaquait.

– Je suis français, j'écris en français. Mes livres sont ensuite traduits et publiés en anglais. (Il haussa les épaules.) Mon éditeur aime me faire passer pour Anglo-Saxon.

– Oh. Vous habitez en Amérique ? continua Nadget, tâtonnant désespérément entre les choux.

– Les îles Vierges, Antilles occidentales, fit le Cultissime, la bouche emplie de compote. Une mousse au chocolat, ça vous dit ? Non ? Bon, OK. Je vais être raisonnable moi aussi, et remonter mater la télé.

Entre frénésie et affolement, Nadget lâcha cette fois le livre de Saladin dans le cageot ! Elle écarta les choux du dessus, finit par repêcher, tout au fond, le trognon de crayon, puis le livre. Elle se précipita pour présenter le tout à Nero.

– C'est un pseudo, Nero Abernathy Wolfy ? demanda-t-elle encore.

Il se lava soigneusement les mains à l'évier, les sécha au torchon propre, saisit le crayon et le livre.

– Mon nom est Marcel Prouston. Ça fait plus

rigoler que vendre. Croyez-le ou non, j'ai vu le jour à Saint-Malo.

Il ouvrit le livre, s'arrêta net… avant d'éclater d'un grand rire sonore.

– Mon frère s'appelle Saladin, bafouilla-t-elle, un poil désarçonnée (et vaguement mortifiée).

Il lui planta livre et crayon entre les mains.

– Désolé, dit-il, ballottant sa tignasse échevelée. J'aurais adoré avoir écrit ce bouquin-là. Hélas, hélas, je n'en suis pas l'auteur, et ne le serai jamais.

– …

Elle contempla le livre qu'il venait de lui rendre. Quelle sotte ! Ça ne ressemblait pas du tout au débris de Saladin !

Quelqu'un avait recouvert celui-ci avec la page centrale d'un magazine de télé en anglais. Pour le protéger… ou masquer sa véritable apparence ? Nadget déplia cette fausse jaquette. Dessous, le livre était relié d'un cuir ancien.

Elle réfléchit. Se serait-elle trompée en le glissant dans son sac ? Elle vérifia la page de garde. Ses yeux s'arrondirent comme des assiettes.

Bouvard et Pécuchet ! La dédicace de Flaubert !

La stupéfaction lui fit oublier Nero.

L'écrivain quitta paisiblement les cuisines, non

sans s'être muni de quelques provisions au creux d'une feuille d'essuie-tout : une cuisse de canard confit, du pain, un morceau de gorgonzola.

Nadget cogitait à vive allure. L'exemplaire de son frère devait être en ce moment même au fond de ce cageot. Obligé. Elle repoussa fiévreusement le reste de choux frisés, et trouva.

Elle contempla les deux livres, sourcils perplexes. Le livre volé d'Adélie avait donc été glissé là *avant*. En pensant récupérer le roman de Nero, elle avait mis la main sur l'autre.

Qui avait pu… ?

Satin-Noir.

Qui d'autre que Satin-Noir pouvait l'avoir dissimulé à cet endroit ? Satin-Noir l'avait restitué, comme il avait restitué la bague. À sa drôle de manière. Dans un drôle d'endroit.

Le Cultissime…

Nero Abernathy Wolfy pouvait-il être Satin-Noir ?

En ce cas, c'était lui qui avait camouflé la bague dans la cornemuse.

Mais à quel moment ? Nero n'était pas à la garden-party et n'avait apparemment pas quitté ses pantoufles ni l'hôtel depuis deux jours.

Les musiciens de l'orchestre avaient peut-être

séjourné ou dîné au Grand Pavois ? Alors Nero aurait pu… Ça valait le coup de s'en assurer. Si oui, l'addition de tous ces éléments ne faisait pas obligatoirement de Nero le coupable mais… on pouvait l'envisager sérieusement.

Elle fourra les deux livres dans son sac et se rendit d'un pas résolu au comptoir de la réception.

Il y avait un peu de monde dans le lobby, une poignée de journalistes, des gens du festival ou de la mairie, tous avec un badge.

– Bonjour, salua-t-elle poliment. J'ai un message pour, euh, les joueurs de cornemuse. On m'a dit qu'ils séjournaient à l'hôtel, hasarda-t-elle, le cœur battant.

– En effet, dit le réceptionniste – jeune homme aimable sans excès. Mais seulement pour la nuit. Ils ont déjà repris le train pour Brest. Voulez-vous transmettre votre message à l'organisation du festival ? Peut-être pourra-t-on les joindre là-bas ?

Elle fit semblant de soupeser la question.

– Ce n'est pas si urgent, répondit-elle enfin. Mon… frère se rend bientôt à Brest, il les contactera.

Elle remercia, frémissante d'excitation. La cornemuse avait donc dormi ici ! Nero Abernathy Wolfy avait pu trouver le temps et l'occasion d'y planquer la bague.

Elle regagna le salon de thé.

Tante Astarté, Rouletabille, les deux chiens étaient rassemblés autour d'Adélie qui buvait toujours de l'eau, mais en riant aux éclats désormais. Son humeur avait viré à 180 degrés.

Nadget, toute secouée par ses découvertes, s'inséra entre ses amis sur la banquette rousse.

– Tante Astarté a lu les lignes de la main à Adélie, chuchota Rose. Depuis dix minutes, elles sont amies d'enfance !

– Tante Astarté lui a-t-elle prédit le retour de Flaubert ? grommela Nadget.

– Aucune idée, murmura Ambroise. Mais Adélie nous a suppliés de l'appeler Dédée.

Non loin d'eux, à la table où le cacao coulait à flots, une des quatre dames à cheveux bleus se leva. Elle fonça droit sur Adélie et tante Astarté, lesquelles pouffaient comme des galopins en comparant leurs paniers, leurs chapeaux, leurs boucles d'oreilles.

– Mes copines et moi, nous sommes de très grosses lectrices, les aborda, l'air jovial, la dame à tête bleue (de fait, elle avait un solide embonpoint). Vous êtes une romancière fameuse, pas vrai ?

– Fameuse, je ne sais pas, minauda, modeste, Adélie. Mais romancière, on le dit.

– Je ne m'adressais pas à vous mais à votre amie au chapeau si romantique. Car on vous a reconnue, Mylène Labourdette ! débita d'une traite la dame, en fixant tante Astarté. Vous avez écrit *Gonzague, cavalier des tempêtes*. On vous adore ! Avant d'être romancière vous faisiez du cinéma et on vous adorait tout autant. Quelle beauté, quel talent dans *L'Orpheline des pâturages* ! Vous avoir à notre table serait un honneur, conclut hardiment la dame à tête bleue, hors d'haleine. Voulez-vous partager un cacao avec nous ?

– Mais qu'est-ce que… ? Ah, mais non, réfuta tante Astarté, une fois passé le moment de stupeur. Je ne suis pas du tout ro…

– Volontiers, la coupa malicieusement Adélie en l'entraînant par le bras. Venez, venez, Mylène Lahoupette !

– Labourdette, la corrigea-t-on avec vigueur.

– J'accompagne mes neveux, protesta tante Astarté. Et je vous répète que je ne suis pas ro…

– T'inquiète, tante Mylène, lança Milo, espiègle. Tu peux y aller, on ne bouge pas de notre banquette. On garde, euh… la ménagerie.

– Mais, résista tante Astarté, puisque je vous dis que je ne suis pas du tout ro…

– Ne faites pas votre timide, Mylène Laboulette !

la taquina Adélie. Allons, vous nous parlerez du ténébreux *Gonzague des pâturages* en savourant ce cacao.

– *Cavalier des tempêtes !* rectifia dignement la dame bleue en les conduisant à la table de ses amies bleues.

– Quelle journée ! chuchota Milo.

– Quelle journée, confirma Rose.

– *What a day !* gloussa Wendy, en joie. *Absolutely fabulous !*

– Ouaip, grommela Nadget. Vous n'avez encore rien vu…

À la faveur de l'exil temporaire de tante Astarté et d'Adélie, elle ouvrit la bouche pour relater son entrevue choc avec Nero Abernathy Wolfy… Mais Wendy la devança en ouvrant la sienne plus grand encore, et bâilla à s'en faire un claquage des mâchoires.

– Tout cela est super rigolo, mais je monte dans ma chambre, annonça-t-elle. Le *Saturday Mad Mad Show* commence bientôt sur NBC.

– C'est quoi ?

– Oh, une émission assez délirante qui passe tous les samedis soir, en direct. Je ne la rate jamais. La semaine dernière, Ryan Dobbling a reçu un bol de chewing-gum fondu sur la tête.

– Hum, fit Nadget, dans sa barbe. On a en effet remarqué qu'une mouche qui pète pouvait te faire rigoler pendant une semaine.

Wendy ne prit pas la mouche. La remarque la fit même rire de bon cœur. Elle se redressa en s'étirant, mit son cartable en bandoulière, sa laisse à Musty, et prit congé après des *bye-bye* à la ronde.

– *What a* journée ! soupira Ambroise.

– Vous n'avez pas répondu à ma question, reprit tout bas Nadget. Dans ses prédictions, tante Astarté mentionnait-elle le livre d'Adélie ?

D'un petit air malin, elle se déplaça de façon à tourner le dos à la salle, plongea la main dans son sac, extirpa le Flaubert, le glissa ouvert sur les genoux de Rose.

– *Bouvard et Pécuchet*, souffla-t-elle. Comme les héros sont masculins, quelqu'un a cru finaud de le planquer dans les choux.

– Sapristi ! T'as dégoté ça où ? couina Milo, bloquant Rouletabille qui voulait feuilleter les pages.

L'histoire leur fut contée, à voix basse et dans les détails.

– Nero… Satin-Noir ? gambergea Rose, récit terminé. Ce prétendu jetlag serait donc une fable pour camper tranquillement sur les lieux ?

– Adélie l'a trouvé errant dans le couloir le matin où son bouquin a disparu, rappela Ambroise. Nero se balade beaucoup dans les couloirs, vous ne trouvez pas ?

– Je ne pige pas le mobile, objecta Milo. Ce type n'a pas besoin de voler. En plus, il rend les objets qu'il a volés. Quel intérêt ?

– Peut-être qu'il ne veut pas réellement les restituer ? suggéra Nadget. Il les abandonne parce qu'ils deviennent encombrants, ou dangereux, ou que la police flaire quelque chose.

– Alors il faut vraiment se débarrasser du livre, affirma Ambroise, louchant avec inquiétude vers la table aux quatre dames bleues et aux deux chapeautées. Le rendre à Adélie.

– Pas tout de suite, le refréna Rose. Examinons-le. Il y a peut-être des indices dedans. Par exemple, cette fausse couverture découpée dans un magazine…

– En anglais, souligna Nadget.

– Elle sert à quoi ?

– À dissimuler sa vraie reliure ? À la mettre à l'abri des regards quand le voleur l'a descendu aux cuisines ? Je suis d'accord avec Ambroise, continua doucement Nadget. Deux fois, c'est trop. D'abord cette bague qui plonge par malchance dans mon verre…

– Ensuite ce bouquin que tu récupères dans les choux. Nadget a raison, dit Milo. Le Club de la Pluie va finir par être suspect.

– Voilà pourquoi il faut le rendre à sa propriétaire, insista Ambroise.

– D'accord, concéda Rose. Mais sans nous découvrir. On le dépose dans une enveloppe à la réception ?

– Le réceptionniste se souviendrait de nous.

– On le glisse subrepticement dans le panier d'Adélie ? Ou sous la porte de sa chambre ?

Risqué. Si on les surprenait, comment s'expliquer sans passer pour des coupables ? Rose claqua des doigts.

– Je sais QUI doit rendre le livre à Adélie ! chuchota-t-elle.

– Qui ? s'écrièrent-ils dans un même murmure.

– Nero Abernathy lui-même.

Ils ouvrirent de grands yeux.

– Le dimanche on a le droit de sortir, le Salon sera un alibi au poil. Allons voir Nero dès demain, décréta Rose avec exaltation. Et... bas les masques !

Ils digérèrent cette résolution audacieuse.

– Tu es fait, Satin-Noir ! grogna Ambroise d'une voix d'outre-tombe.

– Demain ? tiqua Nadget. Trop tard ! Nero prend son avion du retour.

Ils méditèrent, fixant sombrement les cheveux bleus et les chapeaux, là-bas, tout secoués d'hilarité.

Rose reclaqua des doigts, cette fois avec l'autre main.

– Alors ce soir.

PLAN D'ATTAQUE

S'étant paresseusement accoudée à un nuage potelé, la lune pointue glissa un œil empli de curiosité par la meurtrière de la tour. En dépit de sa ponctualité, il faisait encore jour en cette fin de printemps.

Les quatre enfants et leur chien étaient réunis dans le vieux repaire, autour de la caisse en chêne. Aucun n'avait faim. Sauf peut-être Clipper, qu'un cynologue méticuleux aurait pu classer dans l'ordre inexploré des piranhas sur pattes.

Le reste du Club avait l'impression d'avoir passé la journée à s'empiffrer. On se contentait par conséquent de picorer quelques broutilles : pralines, calissons, pâtes de fruits, fruits au sirop, chouquettes, crème vanille, noisettes, biscuits, crêpes dentelle. Presque rien.

Au centre de la caisse trônait la pièce à conviction : Flaubert travesti sous sa fausse jaquette en page de magazine télé.

– À notre arrivée à l'hôtel, pas d'hésitation. Avoir l'air sûr de soi, préconisa Rose. L'air de rendre visite à quelqu'un qu'on connaît bien.

– On demande ensuite à la réception l'étage et le numéro de chambre de Nero, poursuivit Milo.

– On se montrera extrêmement bien élevés, promit Ambroise.

– Mais pas lèche-bottes, nuança Nadget. Tu te charges du réceptionniste, Ambroise ? Une tronche de premier de la classe, ça gagne du temps.

Ambroise saisit *Bouvard et Pécuchet* sur la caisse. Il fit mine de le lui jeter à la tête. Elle fit mine d'esquiver. Il le reposa tranquillement sur ses genoux avant de glisser un biscuit à Clipper.

– Entendu, dit-il. C'est moi qui parlerai.

– Ce sera d'autant plus futé, nota Milo, qu'il ne t'a jamais vu.

– Pas la peine de se renseigner sur l'étage, fit observer Rose. C'est le premier chiffre dans un numéro de chambre. Par exemple, si le numéro est 417, le 4 indique le quatrième étage.

Milo leva les yeux au ciel et lui renvoya une mimique qui signifiait : « Oh, bon, ça va ! » Sa famille avait beau voyager beaucoup, on n'allait jamais à l'hôtel. Les caravanes servaient au transport, et de maisons.

– On monte, enchaîna Nadget. On frappe à la chambre indiquée. Le Cultissime ouvre sa porte...

– Si Nero n'était pas Satin-Noir ? coupa Milo. Si toutes nos belles hypothèses étaient des coïncidences ?

– On le saura vite, assura Nadget. Ses explications devront être imparables, et alors... Oh zut, alors il faudra réfléchir à une autre piste !

– S'il n'ouvre pas ? s'obstina Milo. S'il dort ? Après tout, la nuit tombe.

– J'y ai pensé, répliqua Rose sur le même ton de patience excédée que la prof d'histoire retraçant les dynasties de l'Égypte antique. Il est 15 ou 16 heures en ce moment aux îles Vierges. S'il est toujours en décalage horaire, Nero devrait être hyper réveillé.

Milo allait répliquer qu'un écrivain a le droit de s'offrir une sieste. Ambroise le retint d'une grimace fataliste qu'on pouvait traduire par : « Laisse tomber, elles ont réponse à tout. »

Rose les foudroya du regard. Ambroise se remit à étudier son Flaubert en sifflotant.

– Quand on l'aura en face de nous, reprit-elle doctement, il faudra la jouer habile.

– Avec des enfants, il ne se méfiera pas, dit Milo.

– J'aimerais vraiment savoir pourquoi il pique des trucs qu'il s'amuse à rendre vingt-quatre heures après, dit Nadget.

– Le portrait de Surcouf manque toujours à l'appel, fit remarquer Ambroise en scrutant et triturant pensivement le livre d'Adélie. Moi, je suis curieux de savoir comment il s'y prend pour chaparder au nez et à la barbe des gens.

– Tu veux lui demander des leçons ? plaisanta Milo. Peut-être qu'il vole afin de se documenter ? Se mettre dans la peau du méchant de son prochain roman ? Qui sait ?

– Oui, qui sait ? En tout cas, faut pas lui laisser le temps de respirer, décréta Nadget. On va le mitrailler de questions !

– Bonne idée, ça déstabilise l'adversaire.

– Ou ça le rend dangereux ! avertit Rose en remplissant une pleine cuiller de crème vanille. S'il était armé ?

Ouaf ! fit Clipper en suivant d'un œil passionné la trajectoire de la cuiller.

– Oui, mon chien. Tu seras là pour nous défendre, dit Rose, complètement à côté de la plaque. Mais soyons prudents. Qu'en pense ton maître ?

Subitement devenu muet et songeur, Ambroise ne réagit pas. Rose répéta plus fort sa question. Il sursauta.

– Oh, euh… Oui, oui, je suis OK, dit-il en fourrant le livre dans la grande poche avant de son sweat-shirt.

– OK avec quoi ? ricana Rose en se levant. (Elle soupira.) Bon, assez perdu de temps. On récapitulera en route.

Ils déblayèrent les dernières miettes. À la surprise de Clipper, son maître, perdu dans ses pensées, le laissa finir la barquette de crème. Caisse rangée, porte refermée, tous les cinq descendirent en file indienne, et en silence, le colimaçon qui menait à l'arrière du collège.

Ils se faufilèrent par la sortie fournisseurs dont Ambroise avait, selon le rituel, emprunté la clef au tableau de la loge et, dans la nuit enfin tombée, ils plongèrent dans la ville close.

SURCOUF CONTRE KUNG FU PANDA

Ambiance festival, les rues, les terrasses autour de la place Chateaubriand grouillaient de dîneurs, baguenaudeurs, spectateurs… Bientôt, la façade illuminée du Grand Pavois se hissa devant eux.

Des voyageurs débarquaient, des visiteurs repartaient, les journalistes rôdaient sous la marquise en verre.

– À toi de jouer ! dit Milo en flanquant une tape à Ambroise.

– L'air sûr de toi, rappela Rose.

– À nous deux, Nero Abernathy Wolfy ! fit Nadget, farouche.

– À nous deux, Satin-Noir ! dit Ambroise, non moins farouche.

Il y avait foule dans le lobby, et grande turbulence !

Un cordon rayé interdisait l'accès au salon de

thé. Les appareils photo cliquetaient à qui mieux mieux, on croyait entendre les chaînes d'un ballet de bagnards invisibles.

Rose interrogea la seule personne calme au milieu de cette effervescence : la jeune fille qui vidait les cendriers.

– Offf... Ça dure depuis une heure, soupira-t-elle. Un truc inouï... Ils ont remis la main sur le tableau de Pif.

– Le Van Peef ? s'écria Ambroise. Retrouvé ? Où ça ?

– Sous la carpette du salon de thé. Planqué. Ça faisait une bosse, des dames ont buté dessus... Vlan, les quatre fers en l'air ! Rien de cassé, mais des genoux encore plus bleus que leurs cheveux...

Le portrait de Surcouf. Dernier « retour » des objets dérobés !

Pourquoi Satin-Noir volait-il et restituait-il ? Prenait-il peur ? Rose se souvint d'avoir lu un *Arsène Lupin* où le cambrioleur restituait un larcin... qui était en réalité une copie. Un faux !

Était-ce le cas ? Voilà une question qu'il faudrait poser à Satin-Noir alias Nero.

Un coup de coude de Milo les tira de leur stupeur. Imperméable-et-Trois-Verrues était là ! Par chance, trop loin dans la foule, trop affairé pour les avoir remarqués.

– Faut la jouer discret, chuchota Milo.

Tandis qu'Ambroise et Clipper prenaient place dans la queue au comptoir d'accueil, Rose, Nadget, et Milo partirent se fondre parmi les groupes. Ils se firent petits dans un coin du vaste lobby, derrière un yucca en pot. Au bout de deux minutes, Nadget, pas très à l'aise, chuchota aux deux autres :

– J'ai une idée. On va se donner des parents.

– … ?

– On colle à une bande d'adultes comme si on les connaissait depuis bébés. On nous croira avec eux, personne ne se souciera de ce qu'on fiche là.

Idée géniale ! Ils englobèrent le lieu et sa faune du regard… et jetèrent leur dévolu sur deux couples en grande discussion autour d'une table basse, près d'une tenture en velours rouge théâtre.

Ils se rapprochèrent en crabe, l'air de ne pas y toucher, en prenant soin de tourner le dos à la partie de la salle où vaquait Imperméable-et-Trois-verrues.

– Laquelle choisis-tu comme « mère » ? murmura Rose à Nadget.

– Celle qui a le look Henri IV. J'ai un faible pour les collerettes.

– Alors Kung Fu Panda sera mon « papa ». Milo, tu as Stan Laurel et Marie Drucker comme parents, tu es content ?

À la réception, le tour d'Ambroise arrivait enfin. Il tourna la tête vers ses compagnons près de la tenture rouge et des couples assis. Ils l'encouragèrent d'un clin d'œil.

– Bien obligée d'enfermer mes pendentifs au coffre, soupirait Henri IV (« mère » de Nadget). Avec les intrigues de cet abominable Satin-Noir !

Les enfants dressèrent l'oreille.

– Malheureusement, continua-t-elle, je ne me rappelle jamais la combinaison.

– Peut-être changes-tu trop souvent d'année de naissance ? susurra Marie Drucker.

– Moi, j'ai le malheur d'avoir ma chambre au même étage que cet empaffé d'Houvrelebec, dit Kung Fu Panda (« papa » de Rose). Ce flic m'a asticoté une heure dans un commissariat où l'on ne vous offrait à boire que de l'eau.

– La police n'a jamais supporté les écrivains, renchérit Stan Laurel d'un ton peiné.

– Ma foi, dit Marie Drucker. Qui pourrait les en blâmer ?

Ambroise quittait la réception. Après un signe

dans leur direction, il prit celle des ascenseurs. Museau baissé, les enfants et Clipper se faufilèrent à sa suite.

– C'est au troisième, les informa Ambroise en pressant le bouton d'appel. Porte 316.

Milo lui trouva la mine crispée. La cabine vint s'ouvrir et les engloutir tous les cinq. Ils s'y trouvaient seuls, par bonheur, et ils ne dirent mot, car le trac, tout à coup, les avait saisis.

Au troisième, dans le couloir désert – comme sont souvent les couloirs des palaces –, Nadget pila net.

– On le bombarde de questions, entendu ? chuchota-t-elle. Pour faire nombre, chacun doit en prévoir au moins trois.

Ils fermèrent les yeux afin de mieux rassembler leurs esprits. Ce n'est pas chose aisée, dans un couloir, surtout un couloir de palace, de préparer un interrogatoire de police. Mais ils hochèrent la tête presque en même temps. Oui, ils étaient prêts.

– Qui posera la première question ? murmura Milo.

Face à la porte où le numéro 316 dessinait comme une broderie en or, Ambroise aspira deux gorgées d'air.

– Moi, dit-il, déterminé.

Rose levait le poing pour toquer, mais il la devança.

On attendit, cœur battant.

Au bout d'un assez long moment, la serrure émit un déclic. Une figure étonnée parut dans l'entre-bâillement.

– Si vous êtes le room service, vous pouvez entrer. Sinon, restez dehors. Toi, Clipper, tu peux venir.

– Ambroise ! s'exclama Nadget, stupéfaite. Qu'est-ce que… ? La 316 n'est pas la chambre de Nero !

Ambroise retint la porte qui pivotait.

– On doit t'avouer quelque chose, Wendy : on n'est pas du tout le room service, dit-il d'un ton paisible. Juste des copains en visite.

Wendy les dévisagea l'un après l'autre avant de se mettre à rire. Elle portait un long tee-shirt caramel et un collant de danseuse sans pieds, blanc. Elle s'écarta pour les laisser entrer.

Milo, Nadget et Rose questionnèrent Ambroise du regard. Quelle mouche le piquait ?

Il haussa une épaule.

– Wendy le connaît, rappela-t-il en refermant la porte. Si elle venait avec nous ? En sa présence, il se méfiera moins, il ouvrira plus facilement.

Rose se planta sous la télé suspendue et éteinte.

– Peut-être bien, répondit-elle après un silence circonspect.

– Tu aurais tout de même pu prévenir du changement de programme, Ambroise ! lança Nadget.

– Ouais, fit Milo, mi-figue, mi-raisin. Il aurait pu.

– De quoi et de qui parlez-vous ? interrogea Wendy, l'air incertain.

Aux aboiements enthousiastes de Clipper on devina qu'il venait de débusquer Musty enfouie sous l'édredon ventru. Il lui proposa illico une partie de cache-cache. La dandie dinmont leva un sourcil, toisa, absolument atterrée, ce chien idiot qui frétillait partout, avant de se recoucher aussi sec.

– L'idée m'est venue à la réception, expliqua Ambroise. Si Nero refuse de nous ouvrir, la confrontation tombe à l'eau. Comme il repart demain, on n'a pas le temps pour un plan B. Mais avec Wendy, on met les chances de notre côté. Nero nous accueillera.

– Nero ? tressaillit Wendy. Pourquoi Nero ?

– Parce que c'est lui, Satin-Noir, dit Rose posément. Mais on aimerait qu'il l'explique lui-même.

– Impossible ! se cabra Wendy. Ça ne peut pas être lui. Il n'a jamais quitté l'hôtel.

– Tu as remarqué ça aussi ? sourit Nadget. Que les cambriolages et les restitutions ont toujours lieu ici, au palace ?

Elle lui rapporta sa rencontre avec Nero aux cuisines, le livre dans les choux, le retour du portrait de Surcouf… Wendy écoutait, le front plissé comme un bébé pris de coliques.

– La bague d'Houvrelebec n'a pas été rendue à l'hôtel, mais à la garden-party, fit-elle remarquer.

– La cornemuse l'a recrachée là-bas, oui, dit Rose. Mais Nero l'avait dissimulée dedans bien avant, quand la cornemuse se trouvait ici.

– La retrouver loin de l'hôtel, ça brouillait les pistes, appuya Milo.

Wendy s'assit lourdement sur le lit et se mit à caresser Musty lovée dans l'édredon. Ses taches de rousseur devenaient toutes foncées sur son teint pâle.

– Tu nous accompagnes chez Nero, Wendy ? reprit Ambroise à voix basse. Tu es membre d'honneur du Club de la Pluie, n'oublie pas.

– Je n'irai pas. Je… ne peux pas.

– Pourquoi ? demanda-t-il avec douceur.

– Je ne suis même pas habillée !

Elle plongea le nez dans la fourrure rêche de la petite chienne.

– Tu n'es pas obligée, dit Milo.

– Ça ne va pas ? s'inquiéta Rose, la voyant immobile. Tu es malade ?

– Pas encore, soupira Wendy, mais je crois qu'il va falloir que j'y songe.

Sa voix semblait assourdie. Ambroise intercepta Clipper pour le caler dans les bras de Milo. Il tira lentement le livre d'Adélie de la poche avant de son tee-shirt, le tendit à ses amis.

– La jaquette est intéressante, murmura-t-il.

Tour à tour, Rose, Nagdet et Milo scrutèrent le livre sous tous les angles, sa tranche, sa reliure, ils parcoururent la double page de magazine avec laquelle Satin-Noir avait masqué la couverture d'origine… C'était toujours en anglais.

Ils regardèrent Ambroise sans comprendre.

– Tu as pu arriver à l'heure pour ton émission ? chuchota Ambroise. Tu n'as pas manqué le début ?

Il posa la question à Wendy mais il observait ses amis.

– Quoi ? fit Wendy, se redressant comme si elle se réveillait. Oh, le *Saturday Mad Mad Show*… Oui, bien sûr. Je ne le rate jamais, je vous ai dit. Aujourd'hui, il y avait Cherry Plum et Dino Nocciola, je les adore.

L'œil d'Ambroise ne quittait ni Rose, ni Milo, ni Nadget.

Ils détaillèrent une nouvelle fois la page arrachée au programme télé américain.

Alors tout devint clair.

La vérité était aveuglante.

BAS LES MASQUES, SATIN-NOIR !

Rose vint s'asseoir sur le lit, près de Wendy et de Musty.

– Wendy, dit-elle gentiment. C'est toi, Satin-Noir, n'est-ce pas ?

– Non !

Rose ôta la fausse jaquette qui habillait Flaubert. À la date d'aujourd'hui était en effet programmé sur NBC, à 17 h 50, le *Saturday Mad Mad Show*.

– Tu t'es dépêchée de déguerpir du salon de thé parce que tu venais de cacher le tableau de Surcouf sous la carpette. Pour qu'on le retrouve après ton départ.

– Non.

– Il n'a pas dû quitter ton cartable depuis le vol, dit Nadget. Le manuscrit que ton père t'a confié a été ton meilleur alibi pour le balader avec toi.

– Il fallait que tu sois absente au moment où on le découvrirait, dit Milo. Tu aurais fait partie des suspects, sinon.

– Pas du tout ! protesta Wendy avec feu. Je suis vraiment montée voir le *Saturday Mad*...

– Impossible, l'interrompit Milo. Regarde, Wendy. Tu ne l'as pas fait exprès, mais tu as emballé Gustave Flaubert avec la page qui indique le passage sur NBC aujourd'hui du *Saturday Mad Mad Show*.

– Et alors ? dit-elle, pressant Musty contre sa joue.

– Alors, murmura Nadget, le show commence bien à 17 h 50... mais à New York. Pas 17 h 50 à Saint-Malo.

Ambroise vérifia l'heure à sa montre.

– Sa diffusion n'a même pas commencé là-bas. Tu ne peux donc pas l'avoir déjà vu.

Musty fit un vol plané vers le lit. Médusée, la chienne se demanda si c'était bien elle, *dandie dinmont depuis 13 générations,* qui venait de rebondir sur l'édredon tel un vulgaire sachet de croquettes ! Comment sa douce maîtresse osait-elle... ? Clipper la gratifia illico d'un coup de langue fraternel sur la truffe.

– Grrr ! Je le savais ! rugit la douce maîtresse en

tapant du pied avec rage. J'ai su tout de suite que je disais une bêtise en citant le *Saturday Mad* ! Au moment où je le disais ! En Amérique, ce prétexte aurait été plausible. Banal. Insignifiant. Quand j'ai caché le tableau sous le tapis, je n'avais qu'une idée : partir ! Fuir ! J'ai inventé cette excuse au dernier moment, la première qui me venait à l'esprit ! J'ai juste oublié…

Elle s'affala dans un fauteuil en toupillant ses boucles.

– … que je n'étais pas à New York. Ça m'a même surprise que vous ne pensiez pas plus vite à ce fichu décalage horaire.

– On aurait dû, sourit Nadget. Le Club de la Pluie n'a pas été super réactif. Pour une fois.

– On n'a pas l'habitude de voyager, argua Milo. Je veux dire… pas si loin.

– Pauvre Musty ! s'écria Wendy en embrassant, pleine de remords, sa petite chienne. Pardon, pardon. Tu as vu trente-six chandelles, hein ?

La bestiole darda une prunelle courroucée avant d'accepter les caresses avec des mines d'impératrice.

Brusquement, le rire de Wendy brisa le silence.

– N'empêche ! Sans cette page découpée dans

TV Weekly, vous n'auriez jamais deviné qui était Satin-Noir !

– Non, admit Rose sans pouvoir s'empêcher de rire elle aussi.

– Rien vu non plus quand Clipper a fait dégringoler ton cartable, le matin de la conférence, avoua Ambroise, fair-play. Tu sais, quand j'ai ramassé les feuilles du manuscrit éparpillées et ce paquet qui avait l'air d'un livre ? J'ai bien cru que c'était un livre.

– C'était le tableau ! s'esclaffa Wendy. C'était Surcouf ! Là, j'ai eu chaud !

Son fou rire fut contagieux. Bientôt, ils se tenaient tous les côtes. Clipper se roulait sur la moquette. Wendy sauta prestement sur ses pieds nus pour aller fourrager dans la penderie.

Elle tira d'un sac une boule de tissu noir. Quand elle la secoua, le tissu se déroula.

– Le justaucorps de Satin-Noir ! reconnut Milo. Celui que tu portais lorsqu'on t'a coursée dans les couloirs ?

Elle opina malicieusement.

– Et aussi quand j'ai escamoté, à minuit, le Van Peef de sa niche ! Et quand j'ai retiré le livre d'Adélie du sac abandonné contre sa porte. Et enfin quand je suis entrée dans la chambre d'Houvrelebec, en son absence, avec le passe que la femme de chambre avait laissé sur le chariot à linge. La bague se trouvait sur le lavabo de la salle de bains. Il avait dû la retirer pour se laver les mains.

Elle fit faire à Musty une pirouette sur le lit. Lorsqu'elle lui chatouilla les oreilles, c'en fut trop, elle reçut un impérial coup de patte.

– C'était tellement excitant, conclut Wendy avec un sourire exalté.

– Toutes ces fariboles que tu nous as racontées ! s'esclaffa Rose.

– Cette silhouette disparue comme par magie des W.-C. sans issue, rigola Ambroise.

– Quand je pense qu'on allait frapper chez le Cultissime en lui criant : « Bas les masques, Satin-Noir ! » s'écria Nadget.

Ils se remirent à rire, et à se tenir le ventre. Musty contempla ces humains avec pitié.

La ritournelle de *Chantons sous la pluie* sautilla alors à travers la chambre. Nadget sortit son téléphone.

– Oh, misère ! gémit-elle. Mon frère. Il va me bassiner avec sa dédicace.

Elle éteignit. Le calme revint. Même si une pensée égaya encore Milo.

– Vous vous rappelez ? Lorsque je vous parlais de cette drôle de sensation ? Que je savais quelque chose… sans savoir quoi ? C'est limpide maintenant. Devant la lingerie…

Il prit Rose à témoin.

– Wendy nous a dit : « J'habite sur le lieu de tous ces crimes. » Un sacré lapsus. Comment pouvait-elle déjà savoir qu'il y avait eu d'autres vols, alors qu'on n'avait pas encore appris les disparitions de la bague et du livre ?

– Un autre truc m'a chatouillée, moi aussi, se souvint Rose. Wendy a prétendu nous avoir délivrés parce qu'elle avait entendu la chute de la table à repasser…

– Eh bien ? fit Wendy, légèrement vexée.

– Quand Imperméable-et-Trois-Verrues y est entré à son tour, la grosse porte s'est refermée sur lui. Quand il est ressorti, la table et le fer étaient tombés par terre. Pourtant on n'avait rien entendu…

– Fameux détectives ! ironisa Nadget. Dommage pour le Club de la Pluie.

– Une chance pour moi, gloussa Wendy.

Ils la dévisagèrent, nettement plus sérieux.

– Explique-nous, Wendy, dit Ambroise.

– Pourquoi… tout ça ? demanda Nadget.

La jeune Américaine papillota des mains dans l'espace.

– Pour rigoler. M'amuser. Avouez que le festival est devenu carrément désopilant, non ? En tout cas, moi, j'ai cessé de m'ennuyer.

– Rigoler ? T'amuser ? répéta Rose, un poing sur la hanche. Tu as mis un festival sens dessus dessous, plongé un tas de gens dans l'embarras, semé la panique…

– … enfermé des copains dans la lingerie, ajouta Milo.

– La police est sur les dents, Manuel Houvrelebec a failli avoir une attaque, Adélie une embolie, continua Nadget. Tout ça… parce que Miss Austen s'enquiquinait ?

– Vous n'allez pas me dénoncer ? s'écria Wendy, inquiète.

Milo secoua la tête.

– Pas le genre du Club.

– J'ai tout rendu, invoqua-t-elle. Je ne suis pas une voleuse !

– Hum.

– Je n'ai rien abîmé !

– C'est très bien, dit Nadget après avoir consulté ses camarades d'un bref regard. Mais tu vas faire mieux.

– Quoi donc ? fit Wendy en retenant son souffle. L'affaire est close.

– Va tout raconter, dit Rose. Va dire que c'était toi. Qu'il s'agissait d'une plaisanterie. Tu ne risques pas grand-chose... À part te retrouver à la une du *Tonnerre de Brest*, recevoir une engueulade d'Adélie ou d'Houvrelebec. Et de ton père.

Wendy émit un petit *clap* caustique avec la bouche.

– Oh, papa ne dira rien. Il s'en fiche. Tout ce qui lui importe, ce sont ses livres, son écriture, ses lecteurs, ses salons... et Musty, quelquefois.

Elle rit, mais une vraie tristesse traversa son visage.

– Dis-lui que tu ne veux plus sacrifier ta danse pour des Salons qui te gâchent la vie ! dit Nadget.

– Papa est demeuré un voleur, soupira Wendy. Maintenant, il vole la vie des gens. Son butin, il le stocke dans des dizaines de carnets. Il y en a toujours un dans sa poche. Tu causes, tu manges, tu dors, tu sanglotes... Il t'épingle direct dans son carnet ! Il note tout. Il t'observe et il te pille sans demander. Une parole, un chagrin, un rire, un secret, une douleur, hop, tu deviens une petite ligne du carnet ! Dans *Ténèbres 1275*, son bestseller, maman a reconnu toutes les lettres d'amour qu'elle lui avait écrites avant leur mariage. Après ça, elle a demandé le divorce. Papa est un vampire. Tous les écrivains le sont. Leurs dents, c'est leur stylo. La marque de leur ordi est la seule différence.

Elle se tut, le souffle court, bouleversée. Nadget lui prit la main en silence.

– Ton père ne doit pas se rendre compte, dit Milo.

– Vous devriez avoir une sérieuse discussion, dit Rose.

– Ça ne peut pas faire plaisir à un papa de découvrir sa fille malheureuse, fit Nadget dans un murmure.

Wendy eut une mimique tordue qui laissa presque croire qu'elle allait fondre en larmes.

Pourtant, à la fin, le sourire l'emporta.

– Je ne regrette rien du tout. J'ai passé des journées fantastiques grâce au Club de la Pluie. Merci. Merci à tante Astarté. À Rouletabille. Et à toi, Clipper.

– On est contents de t'avoir rencontrée nous aussi.

– Merci, Framboise.

– Demain, c'est dimanche. Viens visiter notre

collège à fantômes… Mlle Renard sera enchantée. Elle adore les Américains, elle a un copain qui est une star à Broadway*.

– C'est très gentil, Nadget. Au fait, j'oubliais…

Wendy alla prendre sur le bureau une poupée Zarbie dont la tête blonde était tout hérissée d'aiguilles.

– L'infernale Jennifer Krupenschmock ? se souvint Rose. Celle qui doit danser à ta place au spectacle de ton école ?

– Son sosie craché, confirma Wendy, hilare. J'ai déniché les dix-sept épingles, et… le maléfice a marché !!!

Rose se cacha les paupières. Milo et Ambroise firent la grimace.

– Jennifer Krupenschmock est… morte ? frémit Nadget.

– Pire…

Wendy éclata d'un immense rire clair.

– Elle change d'école !

* Voir *Le Club de la Pluie brave les tempêtes.*

CULTISSIME !

Dans le couloir, dix minutes après, on entendait encore le rire de Wendy, infini, joyeux, depuis sa chambre.

– Cette fille, conclut Nadget devant l'ascenseur, c'est *Ma sorcière bien-aimée.* Aussi mignonne et aussi flippante...

Un message l'interrompit :

« Alor koi ? Tu la ma D-dicasse ??? »

Le téléphone fut envoyé par le fond, dans une poche.

La porte de l'ascenseur s'ouvrit. Ils se retrouvèrent nez à nez avec Nero Abernathy Wolfy.

Nadget en resta muette de saisissement.

Toujours en robe de chambre et pantoufles écossaises, il leur passa devant, tenant un petit paquet blanc. Sa tête hirsute dodelina en guise de salut.

– Hé ! cria Nadget, reprenant ses esprits.

Elle lui cavala aux basques, à travers le couloir. Elle le rattrapa, tout en fourrageant avec ardeur dans ses poches.

– Cette fois, j'ai un stylo !

Elle brandit victorieusement l'objet avant de réaliser… qu'elle n'avait pas de sac ! Elle l'avait laissé au pensionnat, avec le livre dedans. Elle trépigna, faillit en pleurer de rage.

Nero la considéra, la physionomie flottante, à son habitude.

– Je n'ai pas compris, dit-il. Vous voulez quoi ?

– La dédicace pour mon frère ! L'autre fois, je n'avais pas le stylo. Maintenant, je n'ai pas le livre, acheva-t-elle, désespérée.

– Ah !

Il réfléchit, chercha d'une main dans sa robe de chambre. Il extirpa une boulette de mouchoir en papier.

– Je sais bien, marmotta-t-il, que certains me l'arracheraient avec délice ou avec hargne pour le revendre aux enchères, mais je ne peux pas vous le donner : je me mouche trop souvent.

Il rangea le mouchoir, déplia le paquet qu'il serrait. C'était un torchon propre qui renfermait du pain, deux chipolatas grillées, un triangle de tarte aux quetsches, une portion de fromage.

– Mimolette extra-vieille. Sur une tranche de pain aux lardons, c'est mon péché mignon, confessa le Cultissime, vaguement penaud. Je dois rendre le torchon aux cuisines, mais...

Il réfléchit encore… puis se décida.

– Votre stylo, je vous prie.

Nadget s'empressa.

Deux minutes plus tard, ses camarades qui s'impatientaient devant l'ascenseur la virent revenir en triomphe, le sourire épanoui.

– Ma dédicace… Je l'ai !!!

Elle exhiba son trophée :

Pour Saladin, Amitiés, Nero Abernathy Wolfy

mots impérissables, gravés sur une tranche de mimolette qui, bien qu'extra-vieille, l'était beaucoup moins.

Dans la même série

Le Club de la Pluie au pensionnat des mystères
Le Club de la Pluie brave les tempêtes
Le Club de la Pluie et les forbans de la nuit

Existent aussi en livres lus dans la collection CHUT !

Le Club de la Pluie au pensionnat des mystères
lu par Alice Butaud (Rose), Vincent de Bouard (Ambroise)
et Clémentine Niewdanski (Nadget)

Le Club de la Pluie brave les tempêtes
lu par Alice Butaud (Rose), Vincent De Bouard (Ambroise)
Benoît Marchand (Milo) et Clémentine Niewdanski (Nadget)

Du même auteur à *l'école des loisirs*

Collection NEUF

Les joues roses
Minuit-Cinq
Aggie change de vie
Trouville Palace

Collection MÉDIUM

Fais-moi peur
Rome l'enfer
Faux numéro
Sombres citrouilles
Quatre sœurs (tome 1) *: Enid*
Quatre sœurs (tome 2) *: Hortense*
Quatre sœurs (tome 3) *: Bettina*
Quatre sœurs (tome 4) *: Geneviève*
Boum
Taille 42
Quatre sœurs (l'intégrale en grand format)
La bobine d'Alfred
Broadway Limited (tome 1) *: Un dîner avec Cary Grant*

Collection CHUT !

Minuit-Cinq
lu par Sandrine Nicolas et Benoît Marchand

LE CLUB
DE LA
PLUIE